山东文化体验廊道故事丛书·上编

齐文化
历 史 故 事

QIWENHUA
LISHI GUSHI

总编纂　王志民
主　编　李钟琴

山东文艺出版社

图书在版编目（CIP）数据

齐文化历史故事 / 李钟琴主编 . — 济南：山东文艺
出版社，2023.9
（山东文化体验廊道故事丛书）
ISBN 978-7-5329-6903-6

Ⅰ . ①齐⋯ Ⅱ . ①李⋯ Ⅲ . ①历史故事—作品集—
中国 Ⅳ . ①I247.8

中国国家版本馆CIP数据核字（2023）第103125号

齐文化历史故事
QI WENHUA LISHI GUSHI

总编纂　王志民　　主编　李钟琴

主管单位　山东出版传媒股份有限公司
出版发行　山东文艺出版社
社　　址　山东省济南市英雄山路189号
邮　　编　250002
网　　址　www.sdwypress.com

读者服务　0531-82098776（总编室）
　　　　　0531-82098775（市场营销部）
电子邮箱　sdwy@sdpress.com.cn

印　　刷　山东临沂新华印刷物流集团有限责任公司
开　　本　880 毫米 × 1230 毫米　1/32
印　　张　7.5
字　　数　161 千
版　　次　2023 年 9 月第 1 版
印　　次　2023 年 9 月第 1 次印刷
书　　号　ISBN 978-7-5329-6903-6
定　　价　59.00元

前　言

党的二十大报告明确提出："坚守中华文化立场，提炼展示中华文明的精神标识和文化精髓，加快构建中国话语和中国叙事体系，讲好中国故事、传播好中国声音，展现可信、可爱、可敬的中国形象。"习近平总书记在文化传承发展座谈会上深刻指出，要在新起点上继续推动文化繁荣、建设文化强国、建设中华民族现代文明。编纂出版《山东文化体验廊道故事丛书》（以下简称《丛书》）是深入学习贯彻党的二十大精神和习近平总书记重要指示精神，贯彻落实山东省委、省政府关于打造文化"两创"新标杆部署要求的重要举措，是立足山东文化资源优势，以沿黄河、沿大运河、沿齐长城、沿黄渤海和沿胶济铁路等文化体验廊道为轴线，以各市文化体验廊道建设为着力点，撷取历史文化精华的大型普及性学术工程，是在新的历史起点上讲好山东故事、坚定文化自信、推动文化繁荣、促进文旅结合的重点文化项目。

山东，古称"齐鲁之邦"，是中华文明最重要的发源地之一。奔流的黄河由山东入海，齐鲁大地是黄河文明的核心区域之一。巍峨屹立的泰山，自古以来就是历代帝王封禅之地，是中国东方上层文化的活动中心，1987年被联合国教科文组织列为中国第一个世界文化、自然双重遗产。黄渤海环绕的山东半岛是全国最大的半岛，漫长海岸线形成了丰厚的海洋文化资源，一直是中国北方海上丝绸之路的重要门户。山东又是伟大思想家、教育家孔子和孟子的故乡，是儒家文化的发源地，是中国人乃至全球华人、华裔心中的"圣地"。在被称为中华文明"轴心时代"的春秋战国时期，齐鲁是中华文明的"重心"所在：诸子百家，多出齐鲁；儒墨显学，独领风骚。齐国故都临淄，是当时最大的工商业都城，被国际足联命名为"足球起源地"；这里诞生了中国历史上最早的大学堂——稷下学宫，是诸子百家争鸣的学术文化中心；齐长城西起济水，东到大海，蜿蜒于泰沂山脉，全长一千余里，是现存最早的有准确遗迹可考、保存状况较好的古代长城；被列为世界文化遗产名录的京杭大运河，纵贯山东南北，极大影响了元明清以来山东地区的经济文化发展，鲁西沿岸城市带的崛起，成为中国南北文化交流融合的运河明珠，见证了山东地区社会文化的隆替嬗变。近代以来，随着烟台、青岛等沿海城市的崛起和胶济铁路的修筑，山东成为中西文化交流、冲突、碰撞、融合的核心地区之一，收回青岛主权成为"五四"爱国运动的导火索。革命战争年代，山东党政军民用生命和鲜血凝聚而成的"党群同心、军民情深、水乳交融、生死与共"的"沂蒙精神"，是齐鲁优秀文化、伟大建党精神与中国共产党领导的人民革命英雄主义精神的集中体现，是对山东境内沂蒙、胶东、渤海、鲁西（冀鲁豫边区）

等抗日革命根据地红色文化、革命精神的集中凝练和概括，与延安精神、井冈山精神、西柏坡精神等一起成为中国共产党人精神谱系的重要组成部分。齐鲁文化在中华文明发展中的特殊地位，山东地区源远流长、丰富厚重的文化资源，坚定文化自信和自觉的历史责任担当是我们举全省之力编纂《丛书》的内在动力。

《丛书》以国家文化公园建设为引领，以落实文化"两创"、推动"两个结合"为宗旨，以推动全省及各市文化建设为目标，是具有权威性、故事性、可读性、趣味性的历史故事集成，是一套可携带、可利用、可转化的文化读本。《丛书》分为上、下两编，上编16本，围绕"四廊一线"文化体验廊道、八大文化传承发展片区展开。"四廊一线"构筑的沿黄河、沿大运河、沿齐长城、沿黄渤海、沿胶济铁路的文化交通线纵横交错，相互联系又各具特色，其特点是以脍炙人口的故事形式联通"四廊一线"的人物事迹、重点景区、遗址遗迹等，厚植文化体验廊道的思想内涵和文化底蕴。八大文化传承发展片区，既涵盖了沂蒙、渤海、鲁西、胶东四大红色文化片区，又吸收了泰山文化、儒学文化、齐文化作为重要支撑，演奏出山东历史文化、革命文化、社会主义先进文化的时代交响。下编16本，紧紧围绕各地市优势和特色展开，主要记述本地区历史故事、文化遗址与人文景观、非物质文化遗产等内容，是推动文化廊道落地、推进片区文化建设、增强文化认同、深化文旅体验的重要载体。

《丛书》由山东省委常委、宣传部部长白玉刚统筹谋划和指导，省委宣传部专门组建学术编纂委员会负责具体实施，省直各有关部门和各市委宣传部给予大力支持配合，省内相关高校、研究机构和各市有关单位共100余位专家学者积极参与，历经酝酿策划、启动实施、提纲设计、样稿研讨、通稿审稿、编辑出版等六个阶段。2022年以来，省委、省政府先后印发《关于打造中华优秀传统文化"两创"新标杆行动计划（2022—2025年）》《关于建设文化体验廊道推动文旅融合高质量发展的实施计划（2023—2025年）》，全方位挖掘展现山东人文沃土可以深度耕作的比较优势，为《丛书》编纂做好了思想、学术和组织准备。具体编纂过程中，省委宣传部专门印发《关于做好〈丛书〉编纂工作的指导意见》，统一思想认识，作出全面部署。编委会以线上线下形式，多次召开全体会议和分组专题会议，狠抓三个重要工作节点：**一是审定编撰提纲**。通过反复研讨、交流、修改、会审等形式逐一审定编写提纲，最大程度保证全书质量。**二是树立样稿典型**。集中力量撰写、反复研讨修改，确定分类样稿，做好典型导引。**三是全力做好通稿统审**。采用主编初审、各卷主编交流互审、学术专家主审、首席专家终审等层层把关、集中审查、反复修改的方式提高稿件质量。

回顾《丛书》编纂工作，始终注意把握好以下四个方面：**一是坚定文化自信**。通过挖掘历史资料、开发历史资源、恢复历史场景等形式，获取文化营养，坚定文化自信。**二是助推文化自觉**。通过传承弘扬优秀传统文化、红色文化、社会主义先进文化，深入挖掘历史先贤和革命先烈的伟大事迹，推动文化自觉，与培育践行社会主义核心价值观有机结合。**三是落实文**

化"两创"。精选真实历史故事，注重挖掘故事背后的文化内涵，推动齐鲁优秀传统文化在新时代创造性转化和创新性发展，推进文化自信自强。**四是服务文旅融合。**借助故事、景观、遗址、非遗讲解词、短视频等融媒体形式，让广大读者在区域文化旅游、廊道文化体验中感受中华文化的博大精深，增强民族自豪感和自信心。

在内容撰写上注重四个结合：**一是与廊道体验相结合。**突出廊道建设概念，以故事为纬线，以时代发展为轴线，通过富有魅力的故事讲述，展示历史人物、景观、史实，引领读者体验传统文化的恢宏气势和博大精深。**二是与景观建设相结合。**以真实动人的故事为景观建设提供重要的历史资源和文化依据，通过一个个精品景观建设展示历史故事的丰富内涵和当代价值。**三是与文物保护相结合。**通过讲述历史故事，让广大读者进一步了解相关文物、遗址的历史文化价值，提升文物保护意识，推动群众性文物保护工作再上新台阶。**四是与媒体利用相结合。**立足于故事转化，使故事成为各类媒体传播的重要基础、蓝本和素材，成为廊道文化、片区文化讲解、传播的重要学术依据和资料来源。

《丛书》的编纂出版，是普及、传播优秀传统文化，推动文化"两创"的新尝试。衷心希望广大读者通过阅读本书，吸收丰富文化营养，多提宝贵修改意见。

编者

2023 年 8 月

导　语

西起泰山，东到大海，海岱之间，膏壤千里。这片沃土在地理学上被称作山东半岛，在考古学界被称作海岱地区。沂源猿人的考古发现，证明距今三四十万年前，就有古人类在这里繁衍生息。

跨越漫长的石器时代，从传说中的炎黄时期到有史可稽的夏商周三代，生活在山东半岛上的居民被称作东夷民族，此处自然也属于东夷地区。到了殷商时期，山东半岛的中部被称为"齐"。齐地历经爽鸠氏、季荝、逄（逄）伯陵、薄姑氏等部落方国，直到公元前十一世纪中叶，周王朝的开国元勋姜太公被周武王封为齐侯，建都于山东半岛中部的营丘，国号延用齐地之名，为齐国；周武王的弟弟周公旦被封于山东半岛西南部的曲阜，为鲁国。所以，山东半岛又被称作"齐鲁大地"。

唐代大诗人杜甫的名句"齐鲁青未了"，几乎是家喻户晓。而将"齐"和"鲁"两字连用，先秦就已有之，最早的文字记载见于《左传·定公十年》："孔丘谓梁丘据曰：'齐鲁之故，吾子何不闻焉？'"这里的"齐鲁"，还是指齐国和鲁国。而将"齐鲁"作为地域名称使用，则始于《荀子·性恶篇》："天非私齐鲁之民而外秦人也。"

孔子曰："齐一变，至于鲁；鲁一变，至于道。"意思是齐国一变，就可以像鲁国一样；鲁国一变，就可以达到孔子心目中的正道。由于齐鲁两国在治国理念、经济发展道路和社会风俗等方面的差异，山东半岛地区形成了齐文化和鲁文化两种各具特色的文化。本书讲述的，是齐文化的历史故事。

那么，什么是齐文化呢？

在姜太公封齐建国之前的漫长岁月里，海岱地区的人民已经创造出辉煌灿烂的文化，我们称之为东夷文化，或曰先齐文化。东夷文化无疑是齐文化的源头。从太公封齐开始，历经西周、春秋、战国三大历史时期，到公元前221年秦国灭掉齐国一统天下，齐国（包括姜齐和田齐）历时八百余年。齐文化，一般指先秦齐国在八百多年间创造的文化。秦朝立国未久，天下大乱，田氏族人田儋、田荣、田横复立齐国；汉高祖刘邦灭掉群雄后，仍保留齐国之号，封其庶长子刘肥为齐王。西汉时期的齐国，与先秦齐国不可同日而语。汉武帝时期，齐国被拆分为若干郡县，西汉齐国不复存在。先秦之后的齐地文化，也被称作"后齐文化"。本书讲述的齐文化故事，主要是先秦齐国的故事，时间截至公元前221年齐国被秦国所灭。秦汉齐国以及之后淄博地区的历史故事，归入本丛书的淄博卷之中。

齐国的疆域，随着历史的发展不断变化。太公初封之时，齐国的疆域并不大，《孟子》说方圆一百里，《晏子春秋》说方圆有五百里；西周齐国的疆域，基本上只占有山东半岛中部；

至春秋后期，齐国已拥有除鲁国以外的几乎整个山东半岛地区；到了战国时期，不算齐国短暂占领燕国的部分，齐国的疆域最大时，向北延伸到今京津冀一带，向南占据了今江苏省和安徽省北部的大片地盘，向西则扩张到河南省中部、河北省南部。但在春秋战国的大部分时间里，齐国的疆域基本上就在山东半岛之内。我们现在所说的齐文化区，一般指西起岱岳、东到大海的山东半岛大部分区域。

简而言之，我们可以这样概括：齐文化是指由先秦齐地人创造的，以改革、创新、开放、务实、包容为核心精神的文化。它源于东夷文化，肇始于姜太公封齐建国，经西周、春秋、战国逐步发展成熟，在秦汉之后与儒家文化等传统文化相融合，成为中华传统文化的重要组成部分。

我们说齐文化是以改革、创新、开放、务实、包容为核心精神的文化，其原因是多方面的。姜太公初封之时的齐国，多是盐碱地，人口稀少。太公以开放创新的精神、务实包容的态度，因地制宜，因时制宜，在政治、经济、文化方面实行尊贤尚功、崇商重工、因俗简礼三大国策，迅速稳定了齐国局势，奠定了齐国富强的基础。尤其是崇商重工，使齐文化呈现出浓厚的商业文明风采，这是齐文化最为显著的特征之一。

春秋时期，管仲在齐桓公的支持下，厉行改革，锐意进取，通货积财，富国强兵，辅佐齐桓公九合诸侯，一匡天下，使齐国成为天下第一个霸主，齐文化也在这一时期发展成熟。

战国时期，齐国国力持续发展，在齐威王、齐宣王、齐湣王时期"最强于诸侯"，位列战国七雄，齐文化也迎来继桓管之后的又一次发展高峰。

齐文化在发展过程中，有着重要的历史贡献。齐地是学术界公认的中华文明的最早起源地之一；齐桓公"尊王攘夷"，对于维护中华民族的统一起到了巨大的作用；稷下学宫的创立，是齐文化最为辉煌的标志，诸子百家在这里竞相争鸣，百花齐放，成为中华思想文化发展的源头和基础，形成了中华优秀传统文化的主脉；齐地兵学代表了当时的最高水平，中国历史上的十大兵书，有六部产生于先秦时期，而这六部兵书中，有四部是齐国人写的。因此，本书特意将稷下学宫和齐地兵学的故事单列为两大部分予以讲述。

改革开放之后，齐文化日益引起社会各界的重视。这是因为，齐文化的核心精神和理念，与我们当代的经济社会发展理念相吻合，具有极高的当代价值。

齐文化所包含的尊贤尚功的人本理念、与时俱进的变革精神、礼法并重的治国举措、因地制宜的务实态度、重商厚生的富民思想、海纳百川的包容胸怀，如同泱泱天风，熏陶着我们的文化品格；如同涓涓清流，滋养着我们的民族精神。齐文化不仅没有过时，而且历久弥新。

齐文化虽然发祥于齐地，但不能将它归为地域文化。齐文化是中华优秀传统文化的重要组成部分，积淀着中华民族最深沉的精神追求，是当前我们实现中华民族伟大复兴的最宝贵的文化资源。正确认识、深入挖掘、广泛传播齐文化的当代价值，对于促进人的全面发展、引领社会全面进步、实现中华民族伟大复兴的中国梦，具有重要的现实意义和深远的历史意义。

泱泱齐国八百年，涌现出姜太公、齐桓公、齐威王、管仲、晏婴、孙武、孙膑、田单等一大批彪炳史册的卓越人物，留下了大量可歌可泣、精彩纷呈的历史故事。本书着眼于传统文化的创造性转化和创新性发展，撷取了齐文化历史上八十二个有文化精神的故事，为推动文化廊道建设服务，为弘扬优秀传统文化、坚定文化自信服务。

　　"不劳歌楚艳，请为罢吴趋。上客但安坐，听我奏齐讴。"这是明代文学家李攀龙在其长诗《广齐讴行》中的开头四句。"齐讴"，即齐地歌谣。李攀龙从太公辅佐武王灭商、封齐建国唱起，一直唱到战国后期王蠋誓死不降燕军、鲁仲连义不帝秦，歌颂了齐国八百年历史的辉煌，可谓"泱泱叹大风，观采不能休"。那么，我们也请"上客但安坐"，听我讲齐史——希望我们撰写的这些故事，能够使读者走进风起云涌、波澜壮阔的齐国历史，领略齐文化的博大精深、璀璨旖旎。

目　录

一

遨遨东夷

考古学界将东起泰山、西至大海的广袤地区称作海岱地区。海岱地区发现了多处新石器时代遗址，形成了后李文化、北辛文化、大汶口文化、龙山文化、岳石文化系列。特别是沂源猿人的考古发现，证明距今约三四十万年前，就有古人类在山东半岛繁衍生息。在传说中的炎黄时期，海岱地区被称为东夷；夏商时期，海岱地区的中部被称为"齐"。齐地历经爽鸠氏、季荝、逢（逢）伯陵、薄姑氏等部落方国，直到姜太公被封于此。这个漫长时期的文化一般称作东夷文化，或曰先齐文化，实为齐文化之源头。本单元选择先齐时期有代表性的历史、神话传说进行讲述，以展现东夷文化的吉光片羽，亦可视之为齐文化故事的序曲。

1. 最早的山东人——沂源猿人

1981 年 8 月，山东省文物局在全省开展第二次文物普查，将沂源县的普查重点定为发掘、查找古人类遗存。

9 月 16 日，几个文物普查队员正在沂源县土门镇骑子鞍山一带进行考古发掘。突然，年仅十八岁的普查队员杨雷在一个山洞里挖掘到一块瓢状的石片，顿时一愣。

旁边的另一个队员徐淑彬见状，问道："你挖到了什么东西？"

杨雷将这块瓢状的石片拿给徐淑彬看，徐淑彬端详良久，若有所思："是不是块头盖骨？"

两个人互相用手拍了一下对方的脑袋，然后又拍了拍那块瓢状石片，大小差不多！

两人小心翼翼地将瓢状石片放到安全帽中，带回县城。

其他的普查队员还发现了一些动物骨骼化石。很快，这些化石和那块瓢状石片，被送到山东省文化局。文化局的领导和专家们隐约觉得这些化石非同寻常，应该立即将这些化石送到北京，请著名考古专家进行鉴定。

他们携带大小不等的包裹，来到著名古人类学专家、北京大学考古系教授吕遵谔的家中。

吕遵谔教授看到那块瓢状石片时，不禁眼前一亮。他捧着石片反复察看，根据石片上的人字缝和石化程度，凭着多年的考古经验，初步认定这是一块人类头盖骨化石。

吕遵谔教授惊喜不已。不久，他便带着几个考古系的师生前往沂源，与当地的考古工作人员重新对骑子鞍山的那个山洞进行考古发掘。

这次发掘，又发现了一些零碎的人类骨骼化石，计有眉骨两块，

沂源人头骨化石，现藏山东博物馆

牙齿六颗，肱骨、股骨、肋骨各一段。

经过与在同一地点发现的伴生动物的骨骼化石相比对，吕遵谔认为，那块人类头盖骨化石和零碎骨骼化石，距今至少有二十万年。

在这一地点发现的动物骨骼化石中，有一种名叫肿骨鹿的骨骼化石。吕遵谔教授在接受中央电视台《探索·发现》栏目记者采访时介绍说，肿骨鹿这种动物生存时间短，分布很广，与北京猿人动物群相伴生，在二十万年前已经灭绝，考古界将肿骨鹿骨骼化石称作"标准化石"。与肿骨鹿化石伴生的其他化石的时代，至少在二十万年以前。

有意思的是，吕遵谔教授根据对六颗牙齿的分析，认为这并非同一个猿人的牙齿。这说明，在二十万年前的沂源，已经有古人类族群在此生活。

吕遵谔教授风趣地说："这些牙齿、骨骼化石都比较粗大。我们山东人个子比较高，比较粗壮，被称作山东大汉，山东人的祖先是不是也比较粗壮、个子比较高？"

他又将沂源猿人头骨化石与周口店龙骨山北京猿人头骨化石进行比对，发现相同之处颇多。

经吕遵谔教授和中国科学院古人类研究所等研究机构的教授、专家鉴定，骑子鞍山属于两个猿人以上的个体出土的古人类化石点，头盖骨化石系旧石器时代的猿人遗骸，其年代定在北京猿人头骨化石之后，大约三四十万年之前。按照考古界的惯例，这块人类头盖骨化石，被称作"沂源猿人"，也叫"沂源人"。

沂源猿人的发现,是继北京猿人之后又一次重大考古发现,说明山东地区是中华文明的重要发源地之一。沂源猿人是在山东发现的最早的古人类,可以说是最早的山东人。

当前,在世界古人类学界,很多人认为,亚洲现代人是从非洲迁来的;也有人认为,亚洲现代人是从欧洲迁来的。而北京猿人、沂源猿人头骨化石的发现,则为中国人种本土起源说提供了极富说服力的证据。

2. "兵主战神" 蚩尤

沧海桑田,岁月不居。在西周王朝建立之前的漫长岁月里,西自泰山,东至大海的山东半岛地区,被史家称作"东夷"。

东夷人以渔猎为生,在与恶劣自然环境的抗争中形成了一种相互信任、崇尚信义、宽厚包容的团队精神。东汉许慎《说文解字》云:"夷俗仁,仁者寿,有君子不死之国。"说明东夷人崇尚仁义,有君子之风。东夷人相对来说比较长寿,因此东夷有"不死之国"的美誉。

生活在东夷地区的族群有好多,所谓"夷有九种",史称"九夷"。在传说中的炎黄时期,东夷民族出了一个能征善战的领袖人物,他就是被誉为"兵主战神"的蚩尤。

炎帝(神农氏)在位末期,天下大乱,诸侯们互相攻伐,暴虐百姓,而炎帝没有能力征伐。这时,中原地区的民族英雄黄帝挺身而出,开始用武力平定各地的战乱。

在向东夷地区进军时,黄帝遇到了一个强劲的对手——蚩尤。

作为东夷地区的部落领袖，桀骜不驯的蚩尤当然不会轻易地臣服于黄帝。

黄帝率部与蚩尤部落在涿鹿（今河北省张家口市涿鹿县东南）摆开了阵势，一场大战不可避免。

黄帝的军队固然实力强大，但蚩尤的部队武器先进，装备精良。《龙鱼河图》说蚩尤有八十一个兄弟，他们"铜头铁额"，"造立兵仗刀戟大弩，威振天下"。所谓"兄弟八十一人"，可能是东夷部落八十一个氏族的误传。由"铜头铁额……造兵仗刀戟大弩"，我们可以推测，当时东夷部落的金属冶炼技术已经比较发达，能够制造头盔、刀戟、弓弩，武器较黄帝部落先进。

而黄帝率领的夏族部落则主要以弓箭、石器、棍棒为兵器，比较落后。

因此，战争初期，黄帝落了下风，"九战九不胜"，"乃仰天而叹"。老天爷见黄帝难以战胜蚩尤，就派九天玄女下凡，传授给黄帝"兵信神符"。在众神的帮助下，黄帝才制服蚩尤。

在大战中，蚩尤还有降雾的法术，大雾三日不散，黄帝的军队在大雾中迷失了方向，无法作战。黄帝于是令风后造出了指南车，大军在指南车的引导下，击败蚩尤，将其擒获。

也有记载说，蚩尤主动兴兵去讨伐黄帝，黄帝令大将应龙迎战，双方战于冀州之野。应龙，在古代神话中是一种长着翅膀的龙。蚩尤请风伯雨师降下狂风暴雨，想将黄帝的部队淹没，黄帝则请来上天主管大旱的女神——魃（bá）阻止风雨。这场大战，成了双方的"代理神"之战。战争的结果是，女魃成功地止住了大雨，蚩尤无计可施，最终兵败被杀。

蚩尤被杀后，身首异处，相传其"血化为卤"。渤海南岸一带，有丰富的地下卤水可以制盐，所以这一带是古代的著名盐场，是后来齐国赖以富强的重要自然资源。相传卤水就是蚩尤之血化成的，说明蚩尤虽死也要用自己的热血供养着东夷人民。

俗话说，成者王侯败者寇。蚩尤败了，有些典籍便将他描写成一个魔怪般的人物，说他"兽身人语""诛杀无道，不仁不慈"。但作为胜利者的黄帝，对威武刚猛、作战勇敢的蚩尤却心存敬畏。黄帝杀死蚩尤后，下令将蚩尤的画像画到军旗上以震慑四方、驱鬼降魔。蚩尤旗所到之处，天下诸侯都吓得老老实实、规规矩矩，以为蚩尤并没有死。

黄帝在每次征战之前，都要祭祀蚩尤，鼓舞士气。于是，蚩尤便成了古代的"兵主战神"。

齐地有个源远流长的风俗——祭祀"八主"。"八主"又称齐地八神，指天主、地主、兵主、日主、月主、阴主、阳主、四时主。"八主"中，天地日月阴阳四时都不是具体的人物，只有"兵主"蚩尤享此殊荣。后人还将他与炎黄并列，誉之为"中华三祖"。2016年，世界华人共祭中华三祖大典在涿鹿县黄帝城中华三祖堂前隆重举行，蚩尤与黄帝、炎帝一起，作为"三大文明始祖"受到人们的祭拜。

3. 最豪迈的神话：后羿射日

相传在夏代，一个叫作"有穷氏"的部落在东夷地区悄然崛起，其部落首领叫后羿。

后羿又称"夷羿"，就是"东夷的后羿"的意思。"夷"字从字面看，是一个人背着一张弓。所以《说文解字》解释说："夷，东方之人也，从大从弓。"由此可以推知，在原始社会，东夷民族以狩猎为生，很可能是他们最早发明了弓箭。后羿就善于射箭，是个神箭手。

夏启死后，他的儿子太康继位。太康昏庸无道，整天沉湎于酒色之中，结果搞得政事混乱，人心思变。有一次，太康外出狩猎，玩得兴起，竟然数月不归。后羿抓住时机，率东夷"有穷氏"部族西进中原，杀进夏朝的都城，立太康的弟弟仲康为夏王，史称"后羿代夏"。太康逃跑到今河南省太康县，遂死于此，史称"太康失国"。

仲康做了七年的傀儡夏王便死了，后羿又立仲康的儿子相为夏王。不久，后羿干脆将相驱逐，自己做了王。一说后羿将相射死了。相，也被称为"夏后相"。

后羿执政后期，也腐败起来，醉心于游猎，政事不修，结果被部下寒浞所杀。后来，太康的孙子少康平定诸乱，将寒浞杀死，一统天下，史称"少康中兴"。

据《左传·襄公四年》的说法，后羿死得很惨。后羿将政事交给寒浞处理，自己忙着游乐，于是寒浞行"媚于内而施赂于外"，逐渐掌握了大权，架空了后羿。而后羿浑然不察，仍然不时外出打猎，寒浞乃在后羿外出打猎时发动了政变。后羿闻讯大惊，在回归途中被部下所杀。寒浞将后羿的尸体煮熟，强迫后羿的儿子来吃父亲的肉，其子不忍食之，结果被处死于国门之下。

作为历史人物的后羿，旋兴旋灭，昙花一现。但作为神话传说人物的后羿，却被人们千古传诵。后羿让人们念念不忘的壮举，是他射下了天上的九个太阳，拯救了天下苍生。

相传在尧帝时期，天下冒出了十个太阳，顿时庄稼草木被烤焦，人民痛不欲生，尧帝于是令善射的后羿将太阳射下来。

后羿不负重托，搭弓引弦，向天下的太阳射去。只见后羿每射一箭，天空中就出现一个火球，火球坠下，就变成一只三足乌。所以，古代文人又将太阳称作"金乌"。

后羿一箭一个，一口气射下了九个太阳。

不能再射了！如果将太阳全部射掉，那天下岂不暗无天日、冷若冰窟？于是，后羿留下了一个太阳，从此天下寒暑适宜，万物欣欣向荣，人民安居乐业。

羿射九日，拯救了世界，理所当然成了天下英雄。

这里有一个问题：射掉九个太阳的后羿，与取代夏朝的后羿，是同一个人吗？南北朝时期的诗人刘孝威《乌生八九子》诗云："尚逢王吉箭，犹婴后羿弓。"明代诗人徐祯卿《平陵东行》诗云："共工触天补女娲，后羿射之摧九乌。"可见古人普遍认为射日的那位就是后羿。"后羿射日"是由东夷有穷氏部落领袖后羿善射而衍化出的神话故事。

既是神话故事，那就无法较真了，我们姑妄言之。"后羿射日"这个神话故事，反映了上古先民不畏强暴、敢于抗争、自强不息的精神，千百年来一直被人们津津乐道。

4. 最浪漫的传说：嫦娥奔月

与"后羿射日"这一充满雄风豪气的神话传说相映成趣的，是个浪漫、凄美的神话传说，也与后羿有关，这就是"嫦娥奔月"。

嫦娥是后羿的妻子，本叫"恒娥"，美貌非凡。西汉时，人们为避汉文帝刘恒的名讳，便将"恒娥"改为"常娥"。"恒"就是"常"的意思。后来，人们又将"常"加上个女字旁，以寓美好之义，"恒娥"于是就变成了"嫦娥"。

据《淮南子·览冥训》记载，后羿从西王母那里求来了长生不老之药，交给嫦娥保管。嫦娥好奇，便偷偷地将药吃了。

吃了不死之药的嫦娥，顿觉身体飘然而起，飞到了空中。

此时，夜空万里，长天一色，只有一轮月亮挂在天边。嫦娥飞在天上，越飞越高，没有别的去处，只好奔向月亮，滞留月宫之中。

广寒寂寞难耐，好在月宫中，还有伐树的吴刚和捣药的玉兔与嫦娥为伴。

吴刚是个学仙之人，因为犯了大错，被天帝罚到月宫砍伐一棵高达五百丈的桂树。奇怪的是，吴刚每砍一下，斧子一离开树，树的创伤就马上愈合。再砍，依然如此。吴刚日复一日地砍，桂树却依然挺立，完好无损。

这个吴刚颇似古希腊神话中每天推巨石上山的西西弗斯，在即将把巨石推到山顶的时候，西西弗斯总是体力不支，那块巨石又滚下山去，于是西西弗斯只好从头再来。吴刚就这么天天伐树做着无用功，而桂树永远不倒。

月宫里还有一只玉兔，在不停地捣药。相传有只兔仙，觉得嫦娥在月亮上很寂寞很无聊，心生同情，便将此事告诉了自己的四个女儿，四个女儿都愿意去月宫陪伴嫦娥，兔仙便决定让小女儿玉兔去。于是小玉兔告别兔仙和三个姐姐，来到月宫陪伴嫦娥。为什么要让玉兔捣药呢？汉乐府《董逃行》中有"玉兔长跪捣药虾蟆丸"的句子，玉兔捣药做成的"虾蟆丸"，是传说中的仙药。小玉兔来到月宫中，总不能无所事事吧？那就安排它捣药吧！

再说后羿失去了娇妻，昼夜思念，忧郁成疾。正月十四日之夜，忽然有个童子来见，说是受嫦娥指派前来，让后羿用米粉做成圆圆的丸子，放在房间的西北方向，然后呼唤嫦娥的名字，就能夫妻相见。后羿大喜，如法炮制，果然夫妇团聚。那些用米粉做成的丸子，就是人们元宵节必吃的美食——元宵（或汤圆）。

每到正月十五之夜或八月十五之夜，"江天一色无纤尘，皎皎空中孤月轮"。人们举头望月，想象月中美丽寂寞的嫦娥正在痴情地凝

《嫦娥图》（明代唐寅绘）

视人间，难免会产生无限遐思。文人们将"嫦娥奔月"的传说当作诗文中的常用典故，留下了大量脍炙人口的优美诗句。

而浪漫神话的背后，却隐藏着不那么美好吉祥的史实。据《左传·襄公四年》的记载，寒浞发动政变杀掉后羿，霸占了后羿的妻子，还与后羿的妻子生下了两个儿子，一个叫浇，一个叫豷。寒浞狡诈奸猾，暴虐百姓，结果在少康复国之战中被杀死。

那么，后羿那个被寒浞霸占的妻子是嫦娥吗？《后汉书·郡国志》记载："寒亭，古寒国，浞封于此。"寒亭，即今山东省潍坊市寒亭区，在历史上是古寒国的国都，乃寒浞的封地。相传寒浞得到后羿的妻子后，为她在云台山上建了一处宫殿，名叫广寒宫。在"嫦娥奔月"的神话中，月亮上的宫殿便被称作广寒宫。

寒浞曾被封于寒亭，有史料为证，大抵可信。但"嫦娥奔月"的故事，则纯是后人的杜撰。寒浞发动政变杀死后羿，并灭掉了有穷氏部族。后人哀怜后羿和有穷氏部落的不幸遭遇，编造出这个美丽的神话故事。山东省日照市的天台山上还有座嫦娥墓，就在后羿墓的旁边。

不管历史真相如何，"嫦娥奔月"展现了古人丰富的想象和渴望探索月球的奇思妙想，也流露出敢于摆脱束缚、追求自由的精神，表达了人们渴望团圆和幸福生活的美好情感，是中国古代最浪漫、最有诗意的神话传说。

二

赫赫强齐

公元前 11 世纪中叶，姜太公被周武王封为齐侯。太公建立齐国，实施尊贤尚功、崇商重工、因俗简礼三大国策，奠定了齐国富强的基础，也标志着以开放、务实、包容、重商为主要特色的齐文化的诞生。春秋时期，齐桓公在管仲的辅佐下，九合诸侯，一匡天下，成为天下第一个霸主，齐文化也在这一时期发展成熟。战国时期，齐国国力持续发展，在齐威王、齐宣王、齐湣王时期"最强于诸侯"，位列战国七雄，齐文化也迎来继桓管之后的又一次发展高峰。本单元着重聚焦太公封齐、春秋首霸、战国称雄这三个历史时期，呈现齐文化的发展脉络和精神内核。

（一）太公封齐

1. 姜太公的早年身世

2008 年，在淄博市高青县花沟镇陈庄村和唐口村之间，考古工作者发掘出西周早中期城址、西周贵族墓葬、祭坛、车马坑等重要遗迹，出土大量陶器及骨器、铜器、玉器等珍贵文物。出土文物中的一件铜觥内盖上刻有铭文："豐啟作厥祖甲齐公宝尊彝。"学术界普遍认为，铭文中的"齐公"指的是齐国的开国之君吕尚。

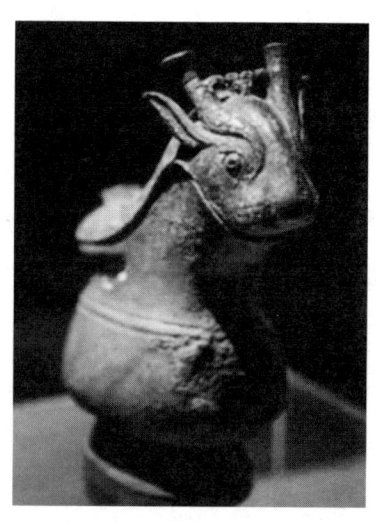

出土于陈庄·唐口西周遗址18号墓的青铜觥，
内有铭文："豐啟作厥祖甲齐公宝尊彝。"

姜太公姓姜，氏吕，名牙，字尚。其祖先曾辅佐大禹治水，因功被封于吕（今属河南省南阳市），故以吕为氏。夏商周时期，男子称氏，女子称姓，所以《史记》称太公为"吕尚"，姜太公、姜尚之类的称呼，都是后人的俗称。由于姜太公的女儿邑姜嫁给了周武王，姜太公乃周武王的岳父，是周武王的长辈，故而周武王尊称姜太公为"师尚父"。由此尊称，可以断定，"尚"不应是姜太公的"名"，而应该是其"字"。古人非常讲究名讳，长者之名，是必须避讳的。民间流传姜太公字子牙，但"姜子牙"这一称呼，在魏晋之后的典籍中才出现。

根据《战国策·秦策五》的记载，姜太公是"齐之逐夫"。什么意思呢？西汉刘向《说苑·尊贤》作了进一步解释："太公望，故老妇之出夫也。""逐夫""出夫"，意思是被妻子赶出家门的男人。众所周知，在古代，都是男子休妻，哪有女子休夫的道理？所谓"逐夫""出夫"，被休掉的其实是"赘婿"，就是俗话说的"上门女婿"。

秦汉之前，齐地有长女不嫁、男子入赘的风俗。出身低贱的男子就婚、定居于女家，称为赘婿。赘，是多余、无用的意思，由此可见赘婿的地位之低。姜太公年轻时，由于家境贫寒，也做了赘婿。后来，姜太公被妻子赶出了家门，来到商都朝歌，以宰牛为业，成了一名屠夫。做这个行当不成功，他又应聘到贵族子良家中做家臣，结果得罪了子良，被子良赶出家门。万般无奈，姜太公又到孟津卖饭，也挣不到钱，生活相当困顿。

时光飞逝，人生易老。到了将近七十岁的时候，姜太公仍贫穷落魄，一事无成。此时正值殷商暴君纣王在位，朝政黑暗，小人竞进，直士幽藏。姜太公审时度势，便远离殷都，想投靠某个诸侯。结果却四处碰壁，没人收留他。万般无奈之下，他来到东海之滨隐居。

后来，姜太公听说西周伯姬昌善待老年人，便决定西行投靠西伯姬昌。于是，岐周附近的磻溪岸边，来了一个须发皆白、飘然有神仙之概的钓鱼翁……

2. 姜太公钓鱼，愿者上钩

姜太公从登上历史舞台的那一天起，就充满了传奇色彩。

他是以一个与众不同的钓鱼翁的形象出现在磻溪的。磻溪在今陕西省宝鸡市境内，当时属于商朝西周部落首领（被称作"西伯"）姬昌的领地。这个西伯姬昌，就是后来的周文王。

这个钓鱼翁的与众不同之处在于，他年过古稀，鹤发童颜，白须飘飘，气宇轩昂。

更为奇怪的是，他的鱼钩是直的，没有鱼饵，而且离水面三尺。据说，姜太公在这里垂钓长达九年。

据《六韬·文韬》记载，一天，西伯姬昌要外出打猎，命太史编占卜出行的地点及吉凶征兆。太史，是当时的官职名称，负责记事、占卜、祭祀等事务；编，是太史的名字。

太史编经过煞有介事的占卜，对姬昌说："您这次到渭河北岸打猎，将会得到很大的收获，所获不是龙，不是螭（古代神话传说中的一种没有角的龙），不是虎，也不是熊，而是一位公侯之才。他是上天赐给您的老师，辅佐您的事业日渐昌盛，并将施恩于您的子孙后代。"

姬昌于是斋戒三天，然后乘马车到渭水北岸打猎，果然遇到了正坐在长满茅草的河岸钓鱼的姜太公。

姬昌上前搭讪，两人开始交流。姜太公围绕"仁""德""义""道"几个方面，教周文王如何招揽天下人

姜太公画像

才。听了姜太公的一席话，姬昌高兴地说："我的太公曾说：'应该有圣人来到周地，周族会因此兴旺。'说的就是您吧？我的太公盼望您已经很久了。"因此，称姜太公为"太公望"，意思是姬昌的太公所盼望的人。那么姬昌的"太公"是谁呢？一说是指姬昌的父亲姬历，一说是指姬昌的祖父古公亶父，即周太王姬亶。因为姬昌称呼吕尚为"太公望"，所以后人便称之为"姜太公"，"望"成了姜太公的号。

姬昌请姜太公上车，与之一起回府，拜为太师。太师是官职名，相当于西伯的总参谋长。

相比于记载比较简单的史料，神话小说和民间传说更加生动、更有传奇色彩。明代小说《封神演义》写一个樵夫，叫武吉，砍柴时路过磻溪，见姜太公垂钓，直钩无饵，就对姜太公说，你这鱼钩不对，你得把鱼钩弯起来。你用个直钩，不用说钓三年，就算钓上一百年，也钓不到一条鱼。姜太公回答说："我不是来钓鱼的，是来钓人的，只钓王与侯。"由此产生了一句民间广泛流传的歇后语："姜太公钓鱼——愿者上钩。"

磻溪当地有个太公庙，南边有个山洞，叫毋忌洞。据当地民间传说，毋忌本是一个樵夫，见姜太公绝非一般人物，于是跑去向姬昌推荐。《封神演义》里写的武吉遇姜太公的故事，可能就出自这个传说。

还有个民间传说流传甚广：西伯姬昌得知有个奇怪的老头垂钓之事，便派儿子姬发（即后来的周武王）前去了解一下情况。姬发来到钓鱼台边，见姜太公正专心致志地垂钓，口中还念念有词："钓钓钓，大的不到小的到。"一会儿，果然钓上了一条小鱼。姜太公用刀将鱼剖开，发现鱼腹内有一块璜石（半圆形玉石），只见他随手将璜石往河对面一丢，璜石飞到对岸，突然间变成一块巨大的碗形巨石，这就是钓鱼台旁那块巨大而奇特的"丢石"，又叫大鹫石。清代文人徐文博还在"丢石"上书刻了"孕璜遗璞"四个大字，意思是这块表面质朴的石头里面包藏着美玉。

姬发见此情景，大吃一惊，急急忙忙回去向父亲讲述此事。姬昌知道这个老头并非等闲之辈，于是毕恭毕敬地前去拜访，并将姜太公扶上自己的舆车，亲自为其拉车。

车行至朱贤村时，拉车的绳子突然断了，姜太公在车上问："你总共拉了我多少步？"姬昌说："八百零八步。"姜太公大笑："那我就保你的江山八百零八年。"后来周王朝传承了将近八百年。当然，这只是民间传说，不是史实。

姜太公垂钓的故事，历来为人们津津乐道。唐代大诗人李白曾写了一首慷慨激昂、荡气回肠的长诗《梁甫吟》，开头这样写道：

君不见朝歌屠叟辞棘津，八十西来钓渭滨。
宁羞白发照渌水，逢时吐气思经纶。
广张三千六百钓，风雅暗与文王亲。
大贤虎变愚不测，当年颇似寻常人。

那个在渭水之畔垂钓的老翁，从此大贤虎变，风虎云龙，辅佐姬昌开始了颠覆商王朝的征程……

3. 太公辅周灭商

姜太公垂钓钓到了周文王，从此开始了他波澜壮阔的后半生。

周文王去世前，虽然还没有最终灭掉殷纣王，但在姜太公的谋划下，已做到"天下三分，其二归周"。

姬昌去世后，其子姬发即西伯之位，这就是后来的周武王。姬发仍把颠覆商朝作为既定之策，姜太公为此辅佐姬发又做了九年的准备工作。

公元前 11 世纪中叶，姬发与姜太公挥师东进，阅兵于孟津（今河南省洛阳市孟津区）。各诸侯国闻知西伯姬发与姜太公东征，不待周武王征召，也纷纷前来相助，不期而会者竟有八百诸侯。孟津后来又名"盟津"，即由诸侯在此会盟而得名。

虽然各诸侯国已归附于周，但殷纣王仍掌握着强大的军队，姬发自感无必胜信心，这次只是检阅一下军事力量，尚不敢直捣商都朝歌（今河南省鹤壁市）。

又过了两年，殷纣王发兵征讨东夷，朝歌空虚。姬发与姜太公审时度势，决定抓住时机，讨伐殷纣。

这天正值隆冬时节，姬发与姜太公率周师循黄河向孟津进发。周出动的兵力计有战车三百乘、虎贲（勇士）三千人、甲士（身披铠甲的战士）四万五千人。

大军正行进中，忽然大风吹来，将中军大旗折断。古人很迷信，认为风摧大斾（旌旗）乃不吉之兆。大臣散宜生因此对姬发说："这是不吉之兆吧？"

姬发回答说："这是天降大兵。"

一会儿，天又忽降大雨，散宜生害怕了，再对姬发说："这是不吉之兆吧？"

姬发还是那句话："这是天降大兵。"

姬发命人烧龟占卜，不料刚点燃龟盖，火就灭了。散宜生又道："这是不祥之兆吧？"

周公见此次出兵屡遇不祥之兆，也感心中不安，便劝姬发还师。

姜太公见周公也建议半途而废，非常生气，道："纣王将比干挖心，将箕子囚禁，重用飞廉之流的贪官污吏，伐之有何不可？用枯草朽骨占卜，能占卜出什么来？"

姬发当然知道，此番出兵，绝不能打退堂鼓。一旦临阵退缩，事情将不可收拾。于是采纳姜太公的意见，麾军继续向朝歌进发，顺利抵达距商都朝歌仅三十里的牧野（今河南省新乡市）。

殷纣王惊闻西伯率诸侯军队已至朝歌郊外，遂仓促下令，将奴隶、战俘、囚犯武装起来，连同守卫国都的军队，共七十万，开赴牧野迎战。

姜太公在分析了周、商双方的形势与力量对比后认为，殷纣王虽然人多，但都是临时招募起来的乌合之众，战斗力并不强。由于殷纣王长期不理国政，不修武备，不仅不得人心，也缺乏必要的武器装备，号称有七十万之众，其实兵力没有这么多，战斗力并不强。而西周军队装备精良，又有战车三百乘，战斗力极强，足可以一敌百。

战车是当时的一种新型战具。据《六韬·犬韬》所言，战车为三军之羽翼，可以突击敌之坚阵、截击强敌、阻击追赶败退之敌。一辆战车，可以当步兵八十人。战车三百乘，相当于一支威力强大的装甲部队。

姬发、姜太公决定立即发起总攻，利用战车冲锋陷阵，一举击溃敌人。

殷纣王的军队大多是临时召集起来的奴隶和囚犯，他们早就厌恨殷纣王的暴虐统治，恨不得西周军队快些打过来。因此，战斗开始后，殷纣王的军队突然临阵倒戈，周师于是大胜，姬发、姜太公率军直捣朝歌。殷纣王跑到平时纵情淫乐的鹿台之上，自焚而死，商朝遂亡。

对于此次战役，据《尚书·武成》记载，战车突入敌阵后，所向无敌，殷纣之兵纷纷倒戈，周师追亡逐北，杀得敌人血流成河，连大木棒都漂了起来。虽然用的是文学的夸张笔法，却也说明了战车之威力与当时战斗之残酷。

牧野，顾名思义，是牧马之野。此地平旷开阔，正好适合战车纵横驰骋、发挥威力。《诗经·大雅·大明》的最后一段，歌颂了姜太公在牧野之战中的威武风采："牧野洋洋，檀车煌煌，驷騵彭彭。维师尚父，时维鹰扬。凉彼武王，肆伐大商，会朝清明。"

4. 太公星夜就封

牧野之战，一役而毕其功，西伯姬发登基，建立周王朝，成为周天子，是为周武王。姬发之父姬昌被尊为周文王。

胜利来得太突然，以至于周武王感到心中很不踏实，夜不能寐，忧虑成疾。他曾对周公说："天下未定，我哪能睡得着啊！"周武王担心他的新王朝得不到上天的保佑，这只是一个方面。他面对的难题，一是殷商遗民是否对新政权真心拥戴，二是强悍的东夷人是否甘愿归顺。

为了镇抚东夷人以及北方的戎狄部落，周武王首封姜太公于齐，再封弟弟周公旦于鲁，次封弟弟召公奭于燕。这三个人都是周武王最亲近、最信任的人。齐国和鲁国远在当时的东夷地区，燕国则与游牧民族山戎为邻，这三个地方皆远离周王朝的都城镐京，属于边塞之地，并非中原一带的繁华富庶之区。派太公、周公、召公到这三个地方，并不是让他们去享乐的，而是要让他们肩负起镇守边疆、抵御外敌、屏护周室的重任。

姜太公初封时的齐国，疆域并不大，都城在营丘（地望尚有争议，一般认为，其地即今淄博市临淄区）。当时，各地诸侯国林立，山东半岛就有"五侯九伯"，齐国和鲁国仿佛是周王朝在东夷地区设立的两个据点，互为犄角，监视"五侯九伯"，共同屏护周室。

周公旦并未就国，而是派其长子伯禽代表他到曲阜就封；召公奭也没有就国，也让长子代表他前往就封。周公和召公则留在中央辅政。于是有学者认为，姜太公也留在武王身边辅政，并未到齐国就封。

但是，《左传》《韩非子》《吕氏春秋》等先秦典籍都有太公治理齐国的记载，《史记》也多次记载太公归国就封，而且还记载了一则太公星夜兼程、与莱人争夺营丘的故事。

姜太公一行就国途中，见天色已晚，便到一家客店住了下来。

半夜时分，太公突然睡不着了，听到旅店的人在说话。只听那人道："时机难得而易失。这位客人睡得很香，想必不是要到自己封地的人。"

姜太公闻言，不由吃了一惊。虽说齐地远离朝歌，但改朝换代之事，想必齐人也已知晓。在此关头，如果有野心勃勃之人聚众占领营丘，他将如何就封呢？

事不宜迟。姜太公蹙然而起，立即启程，披星光，踏明月，倍道兼行，黎明时分，已到营丘。

太公刚到，东方的莱侯已率众前来争夺营丘，双方遂在营丘城下展开激战。

莱侯是东方九夷的莱夷部落首领，他想借商纣灭亡、东夷混乱之机，赶在姜太公到来之前占领营丘，扩大自己的地盘。幸亏太公先到一步，击退莱侯，占据营丘，建立了齐国。

姜太公作为周文王、周武王父子两代的首辅，辅佐周武王灭掉商朝，已经功成名就。如今，他以耄耋高龄成了一方诸侯，将再次向世人展现他卓越的治国才干。

5. 三大国策治齐国

当时营丘一带多是盐碱地，不适宜耕种，因此人口稀少。在农耕文明时代，姜太公如何治理土地并不适宜耕种的齐国，面临着严峻的考验。而且，齐地属于东夷文化圈，民风尚武，莱人未服，姜太公建国伊始，若不实行正确的治国方略，很难在齐地立足。

姜太公审时度势，因地制宜，因时制宜，在政治、经济、文化方面实行尊贤尚功、崇商重工、因俗简礼三大国策，迅速稳定了齐国局势，奠定了齐国富强的基础。

在政治上，姜太公实行"尊贤尚功"的政策，尊重贤才，崇尚政绩，举贤任能，唯才是用。

姜太公就国之前，周公前来为他送行。他问周公："你怎么来治理鲁国？"

周公回答说："我尊崇地位高的人，亲近与我有血缘关系的人。"

姜太公于是慨叹道："鲁国从此要衰弱下去了。"

周公反问姜太公："你怎么治理齐国呢？"

姜太公说："我重用贤才，崇尚业绩。"

周公说："你只重用人才，不分亲疏，以后齐国会出现弑君自立的权臣。"

后来齐国与鲁国的历史，都印证了两个人的论断。

齐国尊贤尚功，人才辈出，国势日强。到春秋末期，田氏家族权势日重，最后取代了姜氏，虽然政权改姓，但齐国国势依然强盛，名列战国七雄；鲁国虽然没有异姓臣子篡位，但任人唯亲，国力渐衰，国土日蹙，到战国时已经沦落为一个无足轻重的小国，最终被楚国所灭。当然，鲁国没有臣子犯上篡位，但父子兄弟间骨肉相残的悲剧也不少，只是篡位者也姓姬罢了。

在经济上，姜太公实行崇商重工的方略。齐国虽然土地不适合农耕，但因为濒临大海，有丰富的鱼盐资源。姜太公根据齐国的自然条件，大力发展商业和手工业，将渔业和盐业作为国家的支柱产业。盐碱地不适合粮食生产，但适合桑麻生长，于是姜太公大力发展养蚕业、纺织业，使齐国迅速成为纺织品和服装鞋帽生产基地。

生产发展了，产品必须卖出去才能转化为财富，所以姜太公特别重视商业贸易。司马迁说太公"通商工之业"，特意将"商"放在"工"的前面，可谓微言大义。一个"通"字，说明齐国经济是开放型、外向型的经济，这在姜太公时期就形成了齐文化重商、开放的显著特色。

在文化上，姜太公实行"因其俗，简其礼"的开明政策。俗，指的是东夷的民俗；礼，指礼仪制度。当时的齐国，东夷文化、夏文化、商文化、周文化交织在一起，共同影响着这片古老的土地。其中东夷文化是齐地的本土文化，历史悠久，影响最大。

姜太公尊重东夷人的文化传统，不强制推行周礼，实行宽松的文化和社会管理政策，得到了齐地人民的拥护。姜太公治理齐国五个月，便向周王朝述职，周公感到很惊讶，问："怎么这么快？"太公回答道："我简化了齐国的君臣礼节，尊重他们的风俗习惯。"

而替周公去治理鲁国的伯禽，三年后才回朝向周公述职。周公问："怎么这么慢？"伯禽回答说："我变革当地的风俗礼仪，所以来迟了。"周公叹道："唉！鲁国后世将臣服于齐国了。政令不简便易行，百姓就不会亲近；政令平和易行，百姓必定归附。"事实证明，姜太公"因其俗，简其礼"和"平易近民"的政策，促进了周文化与东夷文化的融合，奠定了独具特色的齐文化的发展基础。

由于姜太公实施了适合齐地实际的政治、经济、文化政策，齐国因此迅速富强起来，成为东方的泱泱大国。

临淄姜太公祠内的姜太公衣冠冢

6."太公在此，百无禁忌"的由来

　　与姜太公有关的民间俗语，除了"姜太公钓鱼，愿者上钩"，还有一句家喻户晓："太公在此，百无禁忌。"

　　相传，人们在建房造屋之时，上梁是最重要的一个环节，要举行隆重的仪式。上梁前要祭神，很多地方还要在梁头上贴"太公在此，百无禁忌"或"太公在此，诸神退位"的红纸。后来，民间为了驱邪纳福，常在门上、屋内贴上"太公在此，百无禁忌"的字条，以送别穷神、躲避灾祸。

　　为什么"太公在此"，诸神就要"退位"、人们就可以"百无禁忌"呢？

　　《六韬·犬韬佚文》讲了一个神奇的传说：周武王伐纣之时，正值隆冬时节，天降大雪，一夜之间，雪居然有一丈多深。凌晨，在周武王的大账前，突然来了五个人求见，他们分别乘着马车，每辆都有两匹马拉车。奇怪的是，雪地里竟然没有车辙和马蹄的痕迹。

民间贴画：太公在此，百无禁忌

周武王感到非常惊奇，便召来姜太公问道："这五个人太奇怪了，他们的车子在雪地里竟然没留下任何痕迹，他们是什么人啊？"

姜太公笑道："他们一定是五方之神，听说我们要讨伐商王，前来接受调遣，要帮我们的忙呢！"

然后，姜太公令有关官员点着五方之神的名字，让他们一一晋见。这五方之神指祝融、元冥、勾芒、蓐收、冯修，前四者为四海神名，冯修为河伯神名。五方之神见姜太公连他们的名字都了解得清清楚楚，无不大惊，佩服得五体投地。

于是，周武王和姜太公给他们分派了任务，明确了职责。他们在牧野之战开始后，各司其职，帮助周武王的大军战胜商纣王的军队。灭殷之后，五方之神又各显神通，使天下风调雨顺。

可见，姜太公是可以调遣五方之神的人，是居于五方之神之上的"大神"。

在明代神话小说《封神演义》中，第九十九回的题目是"姜子牙归国封神"，写姜太公帮助周武王灭掉殷商之后，回到昆仑山玉虚宫向师父元始天尊复命，并请求元始天尊赐予玉符、敕命，以便为阵亡的将士和众神仙封赏品位。元始天尊应允，赐给姜太公玉符、金敕。姜太公在封神台上宣读元始天尊的敕书，派人将"封神榜"挂于台下，令诸神站好队列，依次受封，总共封了三百六十五位正神。

姜太公成为封神之人，盖本于此，民间遂视姜太公为"神上神"和"众神之神"。如今，在门窗上帖"太公在此，百无禁忌"的字条，仍是某些地方的民间岁时风俗，主要是图个吉利，即使家人有什么犯忌的言行，有了这句话，也可以免受各路大神大仙的追究、处罚，因为姜太公是封神之人，位在众神之上，比神仙们厉害得多。这其实是表达了民间对姜太公这位中国古代杰出的政治家、军事家、韬略家的极度崇拜之情，是一个绝无仅有的文化现象。

（二）春秋首霸

1. 管鲍之交

有关朋友相交的成语有很多，如"莫逆之交""金兰之交""患难之交""贫贱之交""倾盖之交""忘年之交""八拜之交""刎颈之交""杵臼之交""鸡黍之交"等等，而以历史人物名字来形容交情深厚的成语，只有一个："管鲍之交"。

管仲画像

管，指春秋时期的齐国名相管仲；鲍，指齐国名臣鲍叔牙。

管仲姓姬，氏管，名夷吾，字仲，谥敬，颍上人。颍上，在先秦时期并非具体的地名，指颍河岸边。颍上作为地方建制名称，始于隋朝大业二年。管仲的祖先是周武王的弟弟姬叔鲜。周武王建立周王朝后，将叔鲜封到管（今河南省郑州市管城区）做诸侯，称"管叔"。后来管叔发动"三监之乱"，被周公诛杀，管叔的后人以管为氏，流散各地。到了管仲这一代，早已家境贫寒，与庶民无异了。

管仲年轻时，与母亲来到齐国谋生。汉代刘向的《说苑·尊贤》说管仲曾是个偷鸡摸狗之徒。在那段落魄岁月里，管仲结识了好朋友鲍叔牙。在交往中，鲍叔牙为管仲的见识、智谋、才华以及为人所深深折服，认定管仲绝非等闲之辈。

最初，管仲和鲍叔牙合伙做生意，分钱的时候，管仲总是多分给自己一些。鲍叔牙知道管仲家里穷，要赡养老母，因此不与管仲斤斤计较。

鲍叔牙对管仲分配利润不公不在乎，但鲍叔牙的手下实在看不下去了，责备管仲不厚道、不中交，替鲍叔牙鸣不平。鲍叔牙则替管仲辩解说，他与管仲相交日久，深知其绝非贪财之人。管仲多吃多占，是因为他家里生活贫困，亟需钱用。作为朋友，何必为区区小事耿耿于怀呢？

有一次，鲍叔牙根据管仲的建议投资经商，结果失算了，赔得很惨，但鲍叔牙并不埋怨管仲出了馊主意，认为投资失败的原因是自己没有把握好时机，并非缘于管仲的愚蠢。

后来，两个人弃商从政，在齐国担任官职。可惜，管仲的仕途坎坷，竟然多次被免职，遭到驱逐。但鲍叔牙不认

周齐大夫二世祖叔牙公俊

鲍叔牙画像

为管仲没有才能，知道他生不逢时。

管仲无奈之下，从军当了一个士兵。但在作战时，他多次做了逃兵。鲍叔牙不认为管仲胆怯，知道他家里有老母需要赡养，管仲不能轻易赴死。

经历过种种磨难之后，管仲与鲍叔牙被齐僖公起用，分别担任了齐僖公两个儿子的师傅。

齐僖公有三个儿子：长子诸儿，次子纠，幼子小白。诸儿是太子，在齐僖公死后即位，即齐襄公。齐僖公令管仲和另一位大臣召忽做了公子纠的师傅，令鲍叔牙做了公子小白的师傅。

鲍叔牙对齐僖公的这个安排很不满意。他认为，让他辅佐公子小白，说明齐僖公对他不重视。因为，小白排行老三，国君之位无论如何轮不到他，做小白的师傅，在政治上没有前途。于是，鲍叔牙称病，不接受这个任命。

管仲听说鲍叔牙闹情绪，便去开导鲍叔牙说："将来谁做国君，还不一定呢！"

管仲分析道："现在齐国人都厌恶公子纠的母亲，以至于也不喜欢公子纠。而公子小白的母亲死得早，国人都怜悯小白。诸儿虽然年长，但品德卑下，将来怎么样，实在不好说。依我看，将来安定齐国的，不是公子纠，就是公子小白。小白没有小聪明，但有大智慧，除了我，没人了解小白。将来齐国如果面临祸乱，公子纠即使做了国君，也难以成事，恐怕还得依靠你鲍叔牙辅佐公子小白来安定国家。"

听了管仲的一席话，鲍叔牙豁然开朗，欣然接受任命，做了公子小白的师傅。

管仲劝说鲍叔牙去辅佐公子小白，意在分散投资、规避风险，不把鸡蛋放在一个篮子里。将来公子纠和公子小白无论谁做了国君，管仲、鲍叔牙、召忽他们哥仨都可以互相提携。

后来的事实也证明了管仲的远见卓识。公子纠争夺齐国国君之位失败，同为公子纠师傅的召忽以身相殉，但管仲被囚禁受辱，鲍叔牙不认为管仲没有羞耻之心，而是知道他不顾小节是耻于功名未立。管仲可以为国家社稷而死，但不会为哪一个人而死。

公子小白即位后，本想拜鲍叔牙为相，但鲍叔牙极力推荐管仲为相，自己甘居管仲之下。

管仲功成名就之后，回忆起与鲍叔牙的深厚友谊，曾慨叹道："生我者父母，知我者鲍子也！"

管仲与鲍叔牙的交情，成为历代朋友相交的典范，"管鲍之交"成为千古传诵的佳话。唐代大诗人杜甫由朋友间的"翻云覆雨"联想到"管鲍之交"，在《贫交行》一诗中发出了无限感慨，诗云：

翻手作云覆手雨，纷纷轻薄何须数。

君不见管鲍贫时交，此道今人弃如土。

2. 齐桓公与管仲的"一箭之仇"

公元前 698 年，齐僖公去世，太子诸儿继位，是为齐襄公。齐襄公做太子时，曾与自己的同父异母妹妹文姜发生乱伦之恋。齐僖公似乎有所察觉，便急着将文姜嫁出去。齐僖公先是看中了郑国的太子忽，不料郑忽却婉言谢绝："人各有与自己相配的人，齐是大国，齐国公主不是我的配偶，我高攀不上。"于是便有了"齐大非偶"这个成语，用以表示自己门第或地位卑微，不敢高攀。

文姜长得非常漂亮，被后人誉为"春秋四大美女"之一。郑忽不愿娶文姜，鲁桓公却很愿意，不久便高高兴兴地将文姜娶到鲁国。

齐襄公即位后的第四年，齐鲁两国国君在泺地（今山东省济南市西南）会盟。之后，鲁桓公携夫人文姜来到齐国进行国事访问。

齐襄公与文姜多年未见，一见面，见文姜风韵不减，遂旧情复燃，又开始私通。鲁桓公发觉后，大怒，斥责文姜不守妇道，文姜遂向齐襄公诉说，齐襄公一拍脑袋，计上心头。他请鲁桓公饮酒，将鲁桓公灌醉，派大力士公子彭生扶鲁桓公上车，在车里，彭生杀害了鲁桓公。

一国之君在他国进行国事访问时，居然惨遭杀害，这可是古今罕见的大事件！鲁国人要求齐国给个说法，齐襄公只好将公子彭生处死，暂时平息了这一事件。

齐襄公不仅杀害了鲁桓公，在国内也滥杀无辜，欺侮大臣。齐襄公的两个弟弟公子纠、公子小白都坐不住了。齐襄公连邻国国君都敢杀害，说不定哪天，他为了巩固自己的君位，就会将这两个弟弟置于死地。于是，公子纠和师傅管仲、召忽跑到了鲁国避难，公子小白和师傅鲍叔牙则跑到了莒国。

过了几年，公元前686年，齐国传来消息：齐襄公被杀了。

原来，齐襄公派大臣连称、管至父率兵守卫边防，当时正值瓜熟时节，齐襄公答应他们，在来年瓜熟之时，就派人去替换他们，道是"及瓜而代"。结果，第二年瓜熟之时，齐襄公却食言了。连称、管至父派人给齐襄公送瓜提醒他，结果遭到齐襄公的斥骂。齐襄公的无礼无信激怒了连称和管至父，他们联合齐僖公的侄子公孙无知发动了叛乱，杀死了齐襄公，公孙无知做了齐国国君。

公孙无知靠叛乱非法夺取了齐国国君之位，并没有得到齐国人的拥护。时过半年，公孙无知到雍林（今山东省淄博市西北部）游玩，被雍林人杀死。齐襄公无后，顿时，齐国国君之位出现了空缺。

公子纠和公子小白的机会来了！

按照长幼之序，接替君位的应该是公子纠。但是，公子小白自幼就与齐国上卿高傒关系密切。当时，高傒和国氏掌握着齐国国政，高傒极力主张迎公子小白回国即位，并暗中派人通知小白速回齐国。

小白与鲍叔牙闻讯，立即启程回国。

公子纠这边也得到了齐国国君空缺的消息。公子纠的母亲是鲁国的公主，鲁庄公当然希望公子纠成为齐国国君。于是，鲁庄公当即派兵护送公子纠回国争夺君位。

为了阻止公子小白回国，公子纠派管仲率一支队伍快速驰往莒国到临淄的途中，欲截杀公子小白。

管仲率兵果然在道中拦截到公子小白一行。管仲张弓搭箭，向坐在马车上的公子小白射去。只见公子小白身上中箭，应声倒在车中。管仲见一击而中，立即率兵撤退，向公子纠复命去了。

管仲这一箭射得真巧，正中公子小白腹部的衣带钩。衣带钩就是腰带扣，多用青铜或玉石制成。管仲的箭卡到小白的衣带钩上，小白反应极快，不假思索，立即大叫一声，倒下装死，骗过了管仲。

待管仲撤走，公子小白一行立即驾车疾驰，倍道兼行，赶回临淄。在高傒、国氏的支持下，即齐国国君之位，是为后来大名鼎鼎的齐桓公。

却说管仲向公子纠报告已将公子小白射死的消息，公子纠大喜，以为不会有人与他争夺齐国国君的宝座了，于是放慢了行程，一路上优哉游哉，整整走了六天才到达齐国。进入齐国国境时，公子纠才得到晴天霹雳般的消息：公子小白已经回国即位！

鲁庄公与公子纠不肯善罢甘休，想乘公子小白立足未稳，发兵通过武力得到齐国国君位。

公元前685年秋，鲁国派军护送公子纠再次进入齐国境内，齐桓公发兵迎战，两国军队在干时（"时"即时水，经淄博市桓台县西北注入古济水，旱时则干涸，故名"干时"）大战一场，鲁军大败。

齐桓公乘战胜之威，给鲁庄公写了一封信，要求鲁庄公杀掉公子纠，将管仲和召忽解送到齐国。齐桓公说，管仲和召忽是他的仇敌，他要将他们做成肉酱才解恨。原因嘛，自然是管仲差点将他射死，与他有"一箭之仇"。

鲁桓公大败之下，担心齐国真的发兵围攻鲁国，只好杀掉公子纠，将管仲和召忽抓捕，押解回齐国。

　　召忽在押解途中，找了个机会殉主自杀了。管仲没有自杀，他后来解释说，他可以为国家社稷而死，但决不会为某一个人而死。他知道，有知己好友鲍叔牙在齐桓公那边，此次被押送回国，绝非去赴死的，大好前程在等着他呢！

3. 管仲拜相

　　管仲被押解到齐国与鲁国交界处的堂阜（在今山东蒙阴境内），鲍叔牙已率兵在此等候。

　　兄弟二人相见，真是百感交集。鲍叔牙为管仲除去枷锁，请管仲沐浴更衣。然后，两人一路谈论着，向临淄行进。

　　及至临淄郊外，齐桓公率众臣在此迎候。管仲摘下帽带，将衣襟挽起，令人手持斧子站在身后，仿佛即将受刑的死囚。这是管仲故意做出罪人的姿态，表示任凭齐桓公处置，以报那"一箭之仇"。

　　齐桓公即位后，本想拜师傅鲍叔牙为相，鲍叔牙说："如果国君仅仅想将齐国治理好，用我和高傒就行了。但是，如果想称霸诸侯，非用管仲不可！"鲍叔牙还从五个方面说明管仲比他强。齐桓公此时仍对管仲的"一箭之仇"耿耿于怀，恨恨地说："管仲射了我一箭，差点将我射死。"鲍叔牙劝解道："那是管仲忠于公子纠的表现。如果您赦免并重用他，他会像忠于公子纠那样忠于您的。"

在鲍叔牙的力荐之下，齐桓公答应将管仲接回来重用，于是给鲁庄公写了一封信，以围攻鲁国相要挟，要求鲁国必须将活的管仲、召忽送到齐国。

而今见到管仲，齐桓公马上令持斧人退下，让管仲垂下帽带，松开衣襟，表示既往不咎。管仲再拜道："承蒙国君的恩赐，即使死也值了！"

齐桓公、鲍叔牙与管仲一起来到朝堂之上，酒宴已经摆好。齐桓公举杯为管仲接风洗尘，并向管仲咨询为政之道。

首先，管仲献上"三其国伍其鄙"的施政之策。管仲将齐都临淄分为二十一乡，其中有六个商工之乡，十五个士农之乡。国君亲自统领十一乡，上卿高氏、国氏各统领五乡，号称"三其国"。在广大乡村地区设置五属，五属之下，建立轨、邑、卒、乡、县五级基层组织。五家为一轨，六轨为一邑，十邑为一卒，十卒为一乡，三乡为一属，五属由五大夫分治。这样，整个齐国百姓就被有效地组织、管理起来。

其次，管仲建议齐国实行"四民分业"制。"四民"指士农工商，管仲认为"四民"是国家的柱石，不应杂处，要按行业集中在一起居住，这样，便于他们互相学习、互相竞争、互相激励，有利于交流行业信息，分享工作经验，提高工艺水平。

齐桓公听了，非常高兴，又问道："寡人想在列国中有所作为，可不可以？"

管仲回答说："可以。"

齐桓公问："怎么开始做起呢？"

管仲说："始于爱民。"

接着，管仲又向齐桓公讲了为政者应该遵循的爱民之道。

齐桓公与管仲一席谈，顿时觉得相见恨晚，决定拜管仲为相。

为示郑重，齐桓公特意斋戒十日，举行隆重的拜相仪式。管仲推辞了一番，齐桓公说："您接受相位，我做国君就能胜任；您若不接受相位，我这个做国君的恐怕要完蛋。"于是管仲拜了两拜，接受了相位。

奇怪的是，管仲拜相后，并没有像人们想象的那样"新官上任三把火"，一段时间过去了，管仲居然无所作为。

齐桓公不解，问管仲为什么不履行职责，管仲回答说："卑贱之人不能指挥高贵之人。"

原来，管仲是在向齐桓公要地位。管仲虽然成为一国之相，但论政治地位，掌实权的是齐国的上卿高氏、国氏，还有无数公族豪门。这些豪强贵族并没有将出身微贱的管仲放在眼里，管仲若想施展政治抱负，难免会受到权贵们的掣肘。

于是，齐桓公任命管仲为上卿，位在高、国二氏之上。

过了段时间，管仲仍然无所作为，不理朝政。齐桓公问管仲什么原因，管仲回答说："穷人不能驱使富人。"

原来，管仲又向齐桓公要待遇。管仲作为囚徒来到齐国，一无所有，虽然担任国相，但生活仍不富裕。齐桓公于是将齐国一年的租税赐给管仲，作为他在齐国的安家费用。

过了一年，齐国政事仍然不见起色。齐桓公问何故，管仲回答说："与国君关系疏远的人，不能约束国君的亲近之人。"

管仲虽然身为一国之相，又是齐国上卿，也有钱了，但他认为，他与齐桓公的关系还不够亲密，公族贵戚都瞧不起他。于是，齐桓公宣布，他尊管仲为"仲父"，将管仲视为父辈以尊崇之。

这样，管仲满意了，在齐国展开了轰轰烈烈的改革，短短时间内就使得"齐国大安，而遂霸天下"。

关于管仲向齐桓公要地位、要待遇、要尊号之事，孔子解释道："以管仲之贤明，若在齐国没有施政所需要的地位，没有应得的待遇和尊号，他就无法大展宏图，就不能辅佐齐桓公成为春秋首霸。"

说白了，管仲向齐桓公要地位、要待遇、要尊号，都是为了工作。管仲见齐桓公全部答应了他的要求，说明齐桓公是诚心实意要重用他治国理政，遂放开手脚，在齐国开始了他富国强兵的伟大实践。

4. 管仲招商引资富齐国

一个富商，带着五辆马车组成的车队来到齐国，在边境的一个客栈，受到了贵宾一般的款待。服务人员将富商迎接到客房，提供免费的酒食；另有服务人员将驾车的马匹牵到马棚，提供免费的饲料。

富商受宠若惊，询问为什么对他如此礼遇，客栈主人说，自从管仲做了国相，下令在边境和通往都城临淄的各个要道，建了很多这样的逆旅客栈，专门负责接待来自各国的客商。政府规定：带一辆马车来齐国做生意的客商，客栈免费提供饭食；

带三辆马车来的，免费给马匹提供饲料；带五辆马车来的，为其配备专门的服务人员。

为什么根据马车的数量来制定服务的等级呢？客栈主人解释说：客人带的车子多，说明生意大，给齐国带来的资金也多。

而这只是管仲招商引资的举措之一。

优越的营商环境，使齐国成了商贾们的天堂，顿时"天下之商贾归齐若流水"。

管仲为什么如此重视商业贸易呢？主要有两大原因：一是姜太公奠定的重视工商业的政策，长期以来已经成为齐国的国策和经济文化传统；二是管仲深刻认识到，若想富国强兵，必须建立强大的商业和手工业体系，这是齐国图强争霸的需要。

先秦时期的列国，基本上都处于农耕文明时代，大都奉行"重农抑商"政策，认为商人不事劳动，投机钻营，并不创造

临淄管仲纪念馆

财富。韩非子甚至将"商工之民"列为"五蠹"之一，视为国家的蠹虫。而齐国却是一个例外。姜太公建国之初，就奠定了"商工立国"的国策，认为"农工商"是国之"三宝"。管仲治齐，继承了姜太公的这一国策，将"士农工商"视为国家的柱石。这一具有浓厚商业文明特色的理念，在当时的列国之中简直就是空谷足音。

商业在经济发展中具有决定性的作用，其中的道理非常简单：如果商业流通不畅，无论是工还是农，生产的产品不能及时卖出去，就无法转化成财富，而且会挫伤生产者的劳动积极性。如果商贸发达，工农业产品能够及时流通，则会极大地调动工农业生产者的劳动积极性，如此，物质财富才能够源源不断地生产出来。

管仲认为，凡是人，都具有趋利避害的本能。商人经商，长途跋涉，不远千里，是为了牟取利益；渔民入海打鱼，冒着惊涛骇浪，不分昼夜地在海中劳作，因为海中有其利益所在。所以说，人为了利益，可以上高山、入深海，不畏劳苦，不畏艰难。这是人们创造财富的动力所在，也是经济发展的内在逻辑。善于治国理政的人，应该因势利导，不乱干涉民间的经济活动，不瞎折腾，老百姓自然会过上富足安定的生活。

管仲的招商引资政策，当然不止于为各国商贾们提供优惠的服务措施。他还下令降低关税和市税，降低商人们的交易成本，以便更有利于货物流通。他下令："征了关税，就不能再征市税；征了市税，就不能再征关税。"总之，不能重复征税。

那么，齐国关税的税率是多少呢？齐桓公在位期间，关税才征收 2%，这几乎是象征性地征收。在有些年份，甚至在关市只检查登记，不收税。

关税、市税如此之低，那么齐国基础设施的建设、军队的费用、官员的俸禄、公室的消费等庞大支出，从哪里来呢？

齐桓公曾想加征房地产税、人口税等新税种，以增加国家的收入，不料都被管仲否决了。齐桓公很不高兴，气呼呼地说："那我拿什么来治理国家？"

管仲胸有成竹地回答说，只有实现"官山海"，才是增加财政收入的好办法。

所谓"官山海"，指由官府专营矿山和鱼盐资源。管仲为桓公算了一笔账，说明一个人每天食用的盐虽然微不足道，但这是人们的生活必需品，每天都不可或缺，天下人对盐的消耗量大得惊人。渤海南岸一带，有取之不尽用之不竭的地下卤水，制盐成本极低。如果盐业由政府专营，将由政府赚取盐业的丰厚利润。山中的铁矿也是如此，矿山由政府专营，这里面的利润也极为可观。

更重要的是，齐桓公如果向百姓征收房地产税、人头税，势必会引起百姓的反感和反抗，不利于社会稳定。管仲通过"官山海"，巧妙地将税附加于盐价和铁器价格之中，变成了"隐形税"，老百姓不知不觉便向政府纳了税，这比公然向百姓征税高明得多。时至今日，我国的消费税采用的仍然是这种"寓税于价"的办法。

《史记·管晏列传》写管仲治理齐国，用了八个字予以概括："通货积财，富国强兵。"管仲"通货积财"的措施还有很多，这里只讲述其中比较著名的举措。仅就其招商引资之举，即可说明，管仲是世界上最早实行招商引资政策实现富国强兵的政治家和经济学家。管仲某些先进的经济思想，即使放在今天来看，也极具借鉴和启示意义。

5. 宁戚饭牛

一天夜晚，齐桓公的车驾回城，抵达临淄城南门。齐桓公忽然看到，一个驾牛车的人正在城门附近喂牛，一边喂一边唱道：

南山矸，白石硼礴，生不逢尧与舜禅。
短布单衣裁至骭，长夜漫漫何时旦？

歌词大意是：南山的石头啊白乎乎，我活在这世上啊，遇不到尧舜做国主。单薄的短衣衫啊遮不住小腿肚，漫长的黑夜啊何时才能见日出？

齐桓公听罢，对随从说："奇怪啊！这个唱歌的人不寻常。"于是令随从们请这个歌者上车，载入宫中。

第二天，齐桓公将这件事告诉了管仲，让管仲与此人谈谈，了解一下情况。

管仲与这个喂牛人交谈，谁知喂牛人只说了五个字："浩浩乎白水。"然后就闭口不言了。

管仲没听明白，便回到府中。出来迎接管仲的是他的小妾，叫婧。管仲对婧说："刚才与一个赶牛车的交谈，他有句话，我没弄明白是什么意思。"

婧问："那人说了什么？"

管仲答道："他说'浩浩乎白水'。"

婧笑道："有首诗云：'浩浩白水，儵儵（鱼自由自在游动的样子）之鱼；君来召我，我将安居？国家未立，从我焉如？'他这是想为国家效力呢！"

管仲茅塞顿开，遂进宫向齐桓公推荐这个喂牛人。

原来，这个喂牛人叫宁戚，卫国人。他听说齐桓公不计一箭之仇重用管仲，锐意图强，便欲到齐国谋求建功立业。因为囊中羞涩，于是靠替人赶牛车运送货物为生。那天傍晚，他在临淄城门下喂牛，碰巧遇到了外出回城的齐桓公，遂高歌一曲，感慨自己怀才不遇，无晋身之阶，从而引起了齐桓公的注意。

宁戚见齐桓公将他带回宫中，感到自己时来运转，不禁心中暗喜。及至管仲来与他交谈，他不便直说自己想在齐国做官，就故意向管仲说了句隐语，结果被管仲的小妾破解。

齐桓公即位之初，可谓

明代周臣《宁戚饭牛图》，现藏台北故宫博物院

求贤若渴。他听了宁戚的歌词，便感觉此人并非凡人。听说他愿为齐国效力，大喜，立即任命他为大司田，专管农业。宁戚果然不负重托，成为齐桓公和管仲的得力助手。

这个故事，后人称为"宁戚饭牛"，千百年来被传为美谈。

6. 齐桓公招贤纳士

齐桓公最大的优点是：尊重贤才，知人善任。齐国自姜太公开国，便奠定了尊贤尚功的国策，到齐桓公这里被发扬光大。齐桓公认识到，要想治理好齐国，要想在列国中争强图霸，没有大量的人才是不行的。为了广泛招引贤才，齐桓公还想出了"庭燎招士"的办法。所谓"庭燎"，指在朝堂的前庭点燃火炬，这是古代一种高规格的接待礼仪。

令齐桓公意想不到的是，一年过去了，却没有一个人前来自荐。

终于有一天，来了一个齐国东部僻野之人。齐桓公问此人有什么才能，此人回答说："我会九九算术。"

会背九九乘法，这算什么才能啊？齐桓公不禁大失所望。

这个人却说："国君设庭燎以待士，士人却都不来，为什么呢？因为大家都知道，您是个贤明的国君，都觉得比不上您，所以都不敢来。如果大家听说像我这样只会九九算术的人，居然也能受到国君的礼遇，何况那些比我更有本事的人呢？泰山不拒绝土石，江海不拒绝支流，所以才成其大。像我这样的人都被国君当作人才，您还担心人才不会前来吗？"

齐桓公闻言大喜，以庭燎之礼接待了他。一个月后，四方的才能之士纷纷来到齐国。

齐桓公不仅大力招贤，还主动访贤。他听说有个叫稷的小官，是个贤士，便主动去见小臣稷，谁知小臣稷摆起了架子，托故不见。齐桓公很有耐心，一天去了三次，都没见到。随从们说："作为一国之主，见一个布衣之士，一天去三次都没见到，就算了吧！"齐桓公说："你们说得不对！士人不屑于爵禄，才会轻视国君；国君不屑于做霸主，也会轻视贤士。士人可以不屑于爵禄，我怎么能不屑于做霸主呢？"

齐桓公在第五次到访的时候，小臣稷才与他相见。

齐桓公如此折节下士，就是为了广泛招引人才，将齐国治理好。管仲当然也认识到人才的重要性，他一次向齐桓公推荐了五个人才，使他们身居要职。这五个人才被后人称作"桓管五贤"，成为齐国称霸诸侯的骨干重臣。他们是：隰朋，任为大司行，相当于外交部长；宁戚，任大司田，相当于农业部长；王子成父，任大司马，相当于国防部长；宾须无，任大司理，相当于司法部长兼法院院长；东郭牙，任大司谏，相当于监察部长。

为了选拔能干的官员，管仲建议实行"三选"之法：一是由乡长定期推荐人才；二是让从基层推荐上来的人才到官府任职，由官员进行考察；三是经过官府试用的人才，由齐桓公亲自面试后，担任上卿的助手。

事业都是由人干出来的。齐国尊贤尚功的传统，加上齐桓公、管仲对人才选拔的重视，使得齐国人才济济，政通人和，国富兵强。齐国成为天下霸主，已是水到渠成的事了。

7. 齐鲁柯之盟

齐桓公五年、鲁庄公十三年（前681）冬天，发生了中国历史上有文字记载的第一次劫持人质事件，大名鼎鼎的齐桓公不幸成了被劫持的人质。

就在这一年的春天，齐桓公在北杏（今山东省聊城市东阿县）召集宋、陈、蔡、邾等国的国君会盟。尽管参与会盟的只是几个小国，但这是齐桓公以盟主身份举行诸侯会盟的开始，具有重要的象征意义。

齐桓公邀请参加盟会的国家中，还有一个叫遂国的小国。遂国位于鲁国的西北部（今山东宁阳、肥城一带），是鲁国的附庸国。齐桓公举办盟会，鲁庄公没有参加，作为鲁国附庸国的遂国，自然也不敢去。齐桓公大怒，过了两三个月，便麾师将遂国灭了。

齐桓公此时想称霸天下，不必说远方强大的楚国、晋国不服，连近邻鲁国也未归附。因此，征服鲁国，成了齐桓公的当务之急。

鲁国在春秋前期，国力并不弱，与齐国的关系时好时坏，与齐国的战争有胜有负。公元前694年，鲁桓公携夫人文姜访齐时，惨遭齐襄公杀害，两国结下了梁子。鲁桓公与文姜的儿子太子同即位，是为鲁庄公。公元前685年，鲁庄公本想以武力护送公子纠回齐夺取君位，却被齐国军队打得大败，自此，两国成为敌国。次年春天，齐桓公讨伐鲁国，爆发了著名的长勺之战，结果齐军大败而归。

齐桓公此次灭了鲁国的附庸国遂国，仍不解气，又一次征伐鲁国。鲁庄公派大将曹沫率兵迎战，结果三战三败，只好向齐献地求和。

乘战胜之威，齐桓公向鲁庄公提议，两国国君在齐国境内的柯（今聊城市阳谷县阿城镇）举行会盟。

鲁庄公接到齐桓公提议，不禁惶恐不安，犹豫不决。曹沫见状，便问："国君打算去还是不去呢？"

鲁庄公恨恨地说："刚刚战败，又要寡人前去受辱，真是生不如死！"

曹沫道："我看我们应该去。会盟之时，您对付齐国国君，我对付齐国的众臣，我们相机行事。"

鲁庄公想了想，答应了。

鲁庄公一行来到柯邑，见会盟台已经建好，齐桓公正在台上等候。鲁庄公与曹沫拾级而上，与齐桓公施礼相见。

曹沫见鲁庄公浑身颤抖，有畏惧之色，遂当机立断，从怀中掏出一把匕首，一个箭步，上前抓住齐桓公，将匕首抵到其脖子上。

由于事发突然，齐国的众臣和侍卫都吓得目瞪口呆，一时不知所措。管仲反应很快，立即问鲁庄公："君有何要求？"

鲁庄公见状，紧张得说不出话来。

曹沫大声说："齐强鲁弱，你们欺人太甚。现在我鲁国都城的城墙都快塌了，快压到齐国边境了。你说该怎么办吧！"

曹沫话中的意思是，齐国入侵已快到鲁国都城曲阜了，鲁国人已忍无可忍。

管仲见齐桓公在曹沫手上，连忙示意齐桓公答应归还侵略鲁国的土地。齐桓公命悬曹沫之手，也只好答应下来，并表示愿与曹沫签约盟誓。

曹沫见目的已经达到，便扔掉匕首，下坛就臣子之位，面色不变，言谈如故。

盟会在紧张、尴尬的气氛中结束。齐桓公经历此劫，感觉蒙受了巨大屈辱，不禁恼羞成怒，便想背弃齐鲁盟约，拒绝将侵占鲁国的土地归还鲁国。

按说，在武力胁迫下签订的盟约，是不合理、不合法的，不遵守也说得过去，《春秋公羊传》便认为"要盟可犯"。但是，管仲经过深思熟虑，认为还是应该遵守盟约，将占领的鲁国土地归还。

管仲对齐桓公说："我们不能因为小利而失信于诸侯，那样就会失去诸侯们的援手，自我孤立。不如将我们占领的鲁国地盘归还他们。"

齐桓公对管仲向来言听计从，于是按照盟约，将已占领的鲁国土地还给了鲁国。

齐鲁柯之盟，因曹沫劫持齐桓公订立盟约，又被称为"曹柯之盟""曹沫劫盟"。有意思的是，齐桓公貌似吃了亏，但因为重诺守信，反而受到诸侯们的一致称赞，威望大增。

史载管仲"善因祸而为福，转败而为功"，善于将坏事变成好事，齐鲁柯之盟可谓一个典型案例。

之后，诸侯们因敬佩齐桓公的信义，纷纷归附，鲁国也表示愿意归附齐国。齐国以信义为基石的霸业大戏，由此轰轰烈烈地开始上演。

8. 齐桓公北征山戎

春秋时期，在中国北方的燕山地区，活跃着一支被称作"山戎"的游牧民族，他们善于骑射，以畜牧和狩猎为生，逐水草而居。山戎经常南下，入侵北方的燕国、蓟国，掠夺农耕民族的人口、粮食和财物，甚至灭了弱小的蓟国，燕国国君一度不得不迁都以避其兵锋。

公元前664年冬，山戎大举侵略燕国，燕庄公兵力不支，亡国在即，急忙遣使向齐桓公求救。

齐桓公此时已多次以盟主身份举办会盟，正欲打出"尊王攘夷"的大旗号令诸侯，及见燕国处于危机存亡关头，遂慨然允诺出兵救援，并准备亲自率军北征。

管仲也认为，北征山戎，解救燕国，是"尊王攘夷"的绝好时机。他协助齐桓公集合十万大军，冒着寒风，浩浩荡荡踏上北征之途。

此次北征的具体过程，史籍记载极为简单。总的来看，战争历时半年，非常顺利，不仅大破山戎，使燕国转危为安，齐军还乘胜追亡逐北，一直打到位于今河北北部、辽宁西部的孤竹国。山戎一败，孤竹国根本无力抵御齐国的远征军，其国君战死，孤竹国遂灭。

齐桓公、管仲率军横扫残敌，又顺手牵羊，灭了与孤竹国相邻的屠何国。

之后，齐桓公率大军抵达卑耳山（今太行山）最西头，清扫山戎残部。经此打击，山戎一蹶不振，比较彻底地解除了燕国北部边患。

在齐军深入大山之中清扫山戎残敌的过程中，还发生了著名的"老马识途"和"寻蚁求水"的故事。

据《韩非子·说林上》的记载，齐军在山中迷失道路，管仲说："老马之智可用也。"相传老马记路，能带着人走出迷途，于是管仲让几匹老马在前面走，队伍跟在后面，果然找到了道路。

在行军时，山中无水，士兵渴得不行。隰朋说："蚂蚁在冬天居于山的南面，夏天居于山的北面，蚂蚁窝的土壤有一寸高，下挖七八尺就有水。"于是令军人挖掘蚁穴，果然找到了水源。

在河北省、北京市一带，至今还流传着齐桓公征伐山戎的故事。河北省张家口市怀来县有个桓公泉，相传就是齐桓公北征山戎时挖出来的。

公元前663年夏天，长途征战半年之久的齐军终于凯旋。燕庄公对齐桓公当然是无比感激，亲自送齐桓公回国，送了一程又一程，不知不觉就送到齐国境内。

齐桓公对燕庄公说："按礼仪，诸侯相送不出境，我不能破了规矩。"于是下令将燕庄公所到达的齐国土地划给燕国。后来，这个地方就叫"燕留城"（今河北省沧州市东北）。

齐桓公北征，令燕庄公得了大实惠，不仅将山戎以及孤竹国、屠何国的地盘划入燕国版图，还额外得到了齐国的一部分土地。燕庄公感激涕零，不知该怎么报答齐桓公才好。齐桓公表示，只要燕国今后尊重周室，按时向周天子上贡，就很好了。既攘夷，又尊王，齐桓公此举收获了巨大的声誉和威望。诸侯们看到，齐国替燕国出兵，并非贪图地盘和玉帛，而是为了道义、出于至诚，于是"皆从齐"。

齐桓公、管仲北征山戎，受到当时和后人的高度评价，被誉为"华夏文明保卫战"。孔子称赞道："如果没有管仲，我可能就披散着头发、衣襟朝左，变成戎狄之人了。"

这次北征，齐国还有个在当时看来不太起眼的收获：从山戎引进了冬葱、大豆等农作物。《管子·戒》记载："北伐山戎，出冬葱与戎叔（同菽，豆类），布之天下。""冬葱"，就是今天的大葱。经过培育改良，山东大葱名扬天下，章丘大葱尤其著名，"煎饼卷大葱"成了山东人极具代表性的美食。

9. 存邢救卫彰大义

公元前661年正月，齐桓公、管仲北征山戎回师才一年半，北方战火又燃，位于太行山东麓的邢国（都城在今河北省邢台市）遭到了北狄的入侵。

北狄泛指北方的游牧民族部落，刚被齐国消灭的山戎其实也是北狄的一支部落。他们都善于骑射，以放牧和打猎为生。每到无法放牧的冬天，北狄便南下入侵中原，烧杀抢掠，对华夏诸国构成巨大威胁。

自犬戎灭掉周幽王之后，西戎和北狄势力日益强大，周平王为避戎狄锋芒，被迫迁都洛邑（今河南省洛阳市）。从此，周天子名存实亡，中原各诸侯国一盘散沙，用《春秋公羊传·僖公四年》的话说，中原各诸侯国受到夷狄的南北夹击，生死存亡悬于一线。值此之际，华夏诸国急需一个强大的诸侯国挺身而出，成为诸侯国的领头羊。时势造英雄，齐桓公在管仲的辅佐下，通货积财，富国强兵，成为当仁不让的"带头大哥"。

如今，邢国又遭到北狄的入侵，第一反应，当然是遣使向"带头大哥"求救。

管仲接见前来求救的邢国使者之后，急忙入宫，请求齐桓公立即发兵救援邢国。他对齐桓公说了一句非常著名的话："戎狄都是豺狼之性，烧杀抢掠永远不会满足；华夏诸国同文同种，关系非常亲密，不能见死不救；贪图安逸如同饮毒酒，不可贪恋。"

齐桓公当即拍板，决定联合作为盟国的宋国、曹国军队救援邢国。

然而，还没等齐、宋、曹三国联军赶到，邢国都城已被北狄攻破，邢军一败涂地。等三国联军到达之时，北狄已将邢国都城付之一炬，携带抢掠的财物迅速逃遁，让三国联军扑了个空。

齐桓公见邢国国都已废，便安慰邢国国君说："不必担心，寡人为你重建国都。"

此时，逃难的邢国人大多跑到了夷仪（今山东省聊城市西

54

南）一带，齐桓公决定就在夷仪为邢国建设新的国都。在齐桓公的倡议下，宋国、曹国也表示愿意鼎力相助。于是，在齐、宋、曹三国的帮助之下，夷仪成了邢国人的新国都。

时过一年，烽烟再起，北狄又大举入侵卫国。

卫国位于中原地区，都城就是商朝的国都朝歌（今河南省鹤壁市）。此时的国君是以养鹤著名的卫懿公。

卫懿公喜欢养鹤到了匪夷所思的地步。卫国宫中，简直就是鹤的天堂，到处飞着、走着各处各样的鹤。这些鹤都有编制，还像官员那样分品级，享受着相应的俸禄、待遇，外出时都有专车。卫国一下子多出这么多"鹤官"，加重了百姓的赋税负担，令百姓怨声载道。

北狄听说卫懿公荒淫无道，官员离心离德，百姓困苦不堪，军队不堪一击，遂发兵两万前来攻掠。卫懿公大惊，忙下令军队迎战，并在城中征兵，结果国人们都说：国君高薪养鹤，就让他的鹤替他上阵打仗吧！

于是，卫国军民不战而溃，卫懿公亲自上阵迎敌，被狄兵杀死。他身上的肉竟被狄人切割分食，只剩下肝脏没人吃。卫国大夫弘演来到卫懿公的遗骸前大哭一场，说："就让我来做国君的衣服吧！"于是将自己的肚子剖开，把卫懿公的肝放进去，壮烈地自杀殉主。

齐桓公闻讯，急忙派公子无亏率战车三百辆、甲士三千人前往救援。与上次救邢国一样，齐兵还未到，狄人已将朝歌抢掠一空，然后逃逸。

齐桓公这次也很仗义，帮助卫人重新建国，将卫国国都迁到楚丘（今河南省滑县东部、山东省曹县西北一带）。齐桓公考虑得很细致，还给卫人送来了牛、羊、猪、鸡、狗各三百只，以及做城门用的材料。

齐桓公存邢救卫，向天下显示了"带头大哥"的责任和担当，中原各诸侯国纷纷归附齐国，齐国作为"春秋第一霸"的地位更加稳固了。

10. 召陵之盟迫楚"尊王"

齐桓公二十九年（前657）的一天，齐桓公闲来无事，与夫人蔡姬在宫中的池塘里划船玩耍。齐桓公是旱鸭子，见船一晃荡，便面露惊恐之色。蔡姬觉得好玩，便故意晃船，把齐桓公吓得浑身颤抖，不敢动弹。

齐桓公让蔡姬不要晃船，谁知蔡姬非常调皮，将船晃得更加厉害，还乐得咯咯直笑。齐桓公不禁恼羞成怒，上岸后一气之下，命令将蔡姬送回蔡国。

过了一段时间，齐桓公消了气，便派人去蔡国接回蔡姬，不料蔡姬竟然另嫁他人了。原来，蔡姬是蔡穆侯的妹妹，齐桓公将蔡姬送回，蔡穆侯认为齐桓公已将蔡姬休掉，觉得很没面子，也很生气，便干脆将蔡姬嫁给了别人。

齐桓公闻讯大怒，气呼呼地要兴兵讨伐蔡国。

这事让管仲犯了难。齐桓公作为中原各诸侯国的盟主，为了自己的一点宫闱私事，便要大动干戈南下讨伐蔡国，出兵的理由实在摆不上台面。但齐桓公盛怒之下，执意要出兵，谁的谏言也听不进去，管仲只好先表示赞同。

蔡国与南方的大国楚国接壤，一直受到楚国的侵略、欺负，不得不归附楚国，实际上成为楚国的附属国。齐桓公称霸中原，南方的楚国不仅没有归附，而且一直试图向北方发展，这就对齐桓公的霸业构成了严重挑战。虽然两国尚未正面对阵，但两强争霸一决高下，是迟早的事，管仲对此心知肚明。及见齐桓公要讨伐蔡国，管仲决定搂草打兔子，正好试探一下楚国的虚实，与楚国正面较量一次。

以齐国的军事实力，足以碾轧蔡国。但管仲要下一盘大棋，他建议齐桓公召集各盟国组成联军，一来检验一下诸侯们是不是听招呼，二来以诸侯联军的阵势讨伐蔡国，说明得道多助，可以证明这次特别军事行动的正当性。

齐桓公遣使联络各盟国，果然是一呼百应，诸侯们纷纷表示支持。次年（前656）春，齐桓公率领齐、鲁、宋、陈、卫、郑、许、曹的军队，浩浩荡荡地杀向蔡国。

蔡国哪见过这个阵势？顿时不战而溃。既然已动用了杀牛刀，就不仅仅满足于杀鸡。管仲乃劝说齐桓公一鼓作气，率领诸侯联军讨伐没有归附齐国的楚国。

楚国本来也是周王朝的封国，爵位不高，仅是子爵。封地在丹阳（今湖北省丹江口市）一带，当时尚属蛮荒地区。楚国不受周人待见，干脆声称自己是"蛮夷"，不受周王室的统辖，甚至自己称"王"，以示与周王室平起平坐。

楚成王得知齐国率列国大军已侵入楚国境内，大惊，一边备战，一边派使者去见齐桓公问个究竟。

楚使来到齐桓公的营帐中，不慌不忙地行礼之后，问齐桓公道："君在北海，我们楚国在南海，风马牛不相及，请问你们来到我们楚国的地盘上是为什么呢？"

齐桓公张口结舌，不知该如何回答。这时，管仲站了出来，义正词严地说："当年，召康公代表周天子给我齐国的先君太公授权，说'五侯九伯，你有权征讨他们，以护卫周王室'，并赐给太公鞋子，东至海，西至河，南至穆陵，北至无棣，都是齐国的势力范围。你们楚国应当向周天子进贡的包茅没有交纳，周王室的祭祀供不上，没法用来过滤酒，我们特来征收贡物；周昭王南巡没有返回，我们特来查问此事。"

"包茅"又叫菁茅、灵茅，是长江与淮河之间生长的一种三条脊骨的茅草，是楚国的特产，古人用它过滤酒浆，因此包茅成为祭祀用品。

周昭王南巡没有返回，指周昭王南征时，乘坐的船在汉水中沉没，周昭王被淹死。不过，这是三百年前的事了。

管仲讲了讨伐楚国的两大理由，首先指责楚国不向周天子进贡菁茅，然后旧事重提，要查问周昭王的死因。前一个事小，后一个事大。害死天子，这可是天大的事！

楚使面对管仲的咄咄逼人，不卑不亢地回答说："没有交纳贡品，是我们楚国的过错，我们怎么敢不供给呢？周昭王南征没有返回，这个我们不知道什么原因，您还是到汉水之滨去问问吧！"

周昭王死于三百年前，齐国今天来查问原因，怎么能查清楚呢？这只是管仲的借口而已。管仲见楚国使者承认了不向周天子进贡的过错，保证以后按时纳贡，也就不再为难楚使。

诸侯联军继续向楚国内地挺进，楚成王派大臣屈完率兵迎战，齐桓公遂率部退到召陵（今河南省漯河市召陵区）驻扎，约屈完来谈谈。

屈完来见齐桓公，齐桓公特意将八国联军排开阵势，邀请屈完乘马车陪他检阅，其实是在向屈完示威。

检阅完威武雄壮的征讨大军，齐桓公得意地对屈完说："以此众战，谁能御之？以此攻城，何城不克？"

屈完却淡淡地说："君若以德服人，谁敢不服？君若想以武力服人，我们楚国将以方城做城墙，以汉水当护城河，你们的兵马虽然众多，恐怕也没有用处！"

齐桓公、管仲率八国大军长途跋涉来到陌生的楚国，对与楚国一战并没有必胜的把握。及见屈完并未被八国大军的赫赫声势所吓倒，似乎胸有成竹，便决定见好就收。在楚国答应向周天子纳贡、成为周天子的臣属的前提下，齐桓公和各国诸侯在召陵与代表楚国的屈完签订盟约，然后退兵，史称"召陵之盟"。

齐国与楚国虽然没有开战，但齐国兵不血刃地迫使楚国向周天子称臣纳贡，已经达到了伐楚的目的，这也是齐桓公、管仲"尊王攘夷"的一次重大胜利。连强大的楚国都向齐国低头了，齐桓公的霸主地位，算是天下公认了。

11. 葵丘会盟

齐桓公、管仲与楚国订立"召陵之盟"归来，才过一年，又在首止（今河南省商丘市睢县东南）与诸侯们搞了一次"兵车之会"。

此时的齐桓公，霸主地位早已确立，各国纷纷归附，会盟诸侯已无必要有军队压阵，这一次为什么要率大军前往呢？

因为，他这次是在向周天子示威。

周惠王晚年宠爱惠后，便想废掉太子郑，立惠后生的儿子王子带为太子。齐桓公认为，太子郑没有过错，周惠王废长立幼，不合礼法，因此坚决反对。为了保护太子郑，齐桓公以诸侯要拜见太子为由，约诸侯们在首止会盟。

公元前655年五月，齐、宋、鲁、陈、卫、郑、许、曹八国诸侯齐聚首止，特邀太子郑参加聚会，实际上是将太子郑保护起来。太子郑在首止一住就是好几个月。

有了齐国的保护，周惠王废长立幼的图谋没有得逞。周惠王死后，太子郑在齐桓公的扶持下顺利即位，是为周襄王。后人将齐桓公阻止周惠王废长立幼、帮助太子郑即位的行动，称为"一匡天下"，意思是维护了周朝礼法，匡扶了天下正义。

公元前651年，周襄王顺利即位的当年，功德圆满的齐桓公在葵丘大会诸侯，史称"葵丘会盟"。

这次会盟场面很大，诸侯都来捧场。周襄王特意派大臣宰孔前往祝贺，并赐给齐桓公胙肉、红色的弓箭，还有一辆豪车。

在接待周天子特使的仪式上，宰孔宣读完周襄王给齐桓公的赏赐，按礼仪，齐桓公应该到台下跪拜。没等齐桓公起身，宰孔接着宣读周襄王的旨意，说齐桓公已是七十岁的老人了，不用跪拜行礼。

齐桓公闻言，却见管仲向他使眼色，小声说"不可"。齐桓公立即反应过来，仍然走到台下，跪拜受赐。

诸侯们见了，都认为齐桓公不倚老卖老，遵守礼仪，举止合乎法度，不愧德行著于天下的"带头大哥"。

最后，齐国召集各诸侯国订立盟约，主要有五条：一，诸侯们不得随意更换太子，不得纳妾为妻；二，要尊贤重才，表彰有德之士；三，要尊老爱幼，善待各国宾客；四，士人的官职不得世袭，做官不得兼职，选用士人要得当，不得擅自杀戮大夫；五，不得随意拦截河流，不得阻止粮食贸易，不要有封赏而不通报盟国。

这五条，是齐桓公与各国签订的一个"国际条约"，要求大家都要遵守。

葵丘会盟因为有了周天子的捧场，说明齐桓公的霸主地位得到了天子的承认，象征着齐国霸业达到了顶峰。齐桓公不禁志得意满，飘飘然有凌云之志，其势头如烈火烹油，其荣耀似锦上添花。

此次会盟，晋献公本来要参加，但因病来迟，在半道上遇到了刚刚参加完会盟的宰孔。宰孔对晋献公说："你不用去了。齐侯不修德行而迷信武力，北伐山戎，南伐楚，西来葵丘会盟。向东不知他会不会用兵，向西估计是不会了。你应该借机平定晋国的内乱，不要急于参加齐国组织的会盟。"晋献公听了，就回国了。

盛极必衰，理所必至。"葵丘会盟"既是齐桓公霸业的巅峰时刻，又是齐国霸业中衰的开始。齐桓公自认为功德巍巍，是实际上的天子，竟萌生了封禅之念。

封禅是古代帝王的专利，一般在太平盛世或天降祥瑞之时，由帝王亲自到泰山上祭天，称作"封"；在泰山下的梁甫祭地，称作"禅"。齐桓公想封禅，显然是将自己当作太平天子了，这将置周天子于何地呢？如果任由齐桓公封禅，"尊王攘夷"的政治主张岂不成了笑话？管仲觉得非同小可，又不好扫齐桓公的兴，只好借口上天还没降下祥瑞为由，劝齐桓公暂缓举行封禅大典。

齐桓公见管仲不支持，无话可说，只好打消了封禅的念头。

12. 管仲病榻论相

公元前 645 年，任齐相长达四十年、年已八十多岁的管仲病重，齐桓公坐在管仲的病榻前，小心翼翼地问："仲父病得太重了，谁能接替您呢？"

对于如此敏感的人事问题，管仲不好直接回答，于是说了句模棱两可的话："知臣莫如君。"想先试探一下齐桓公的想法。

齐桓公问管仲："让易牙接替仲父为相，如何？"

易牙是齐桓公的大厨，烹饪技艺很高，味觉特好，相传他能品尝出淄水和渑水两种河水的不同滋味。时至今日，还有人将易牙尊为厨师的祖师爷呢！

有一天，齐桓公对易牙慨叹说，他吃遍了人间美味，只差品尝人肉的滋味了。言者无心，听者有意。第二天，易牙给齐桓公呈上一盘肉菜，齐桓公吃了，感觉味道极美，便问是什么肉。易牙说，国君没有尝过人肉的滋味，我便把小儿子杀了，做成菜给国君品尝。齐桓公听了，非常感动，认为易牙连儿子都贡献出来，对自己真是忠心耿耿！所以，在考虑国相人选时，他第一个想到的便是易牙。

管仲见齐桓公欲以相位授予易牙，感到非同小可，便毫不含糊地说："易牙杀了自己的儿子来讨好国君，这不是人之常情，不可将国相之位授予这种人！"

齐桓公见管仲否决了易牙，于是再问："开方如何？"

开方本是卫国的公子，又称公子开方。他来到齐国后，被齐国的富裕繁华深深吸引住了，便自愿留在齐国侍奉齐桓公，不愿回到贫穷落后的卫国。他在齐国一待就是十五年，连父母去世都不回国奔丧。齐桓公认为开方爱他胜过爱自己的父母，因此对开方极为宠信。

管仲见齐桓公想将国相大权交给开方，立即说："开方背叛自己的国家和亲人来侍奉您，这不是人之常情，不要亲近他！"

齐桓公又问："竖刁如何？"

竖刁可能是中国历史上最早的宦官。齐桓公好色，其后宫姬妾如云，竖刁便自行阉割，去替齐桓公管理后宫。管仲见齐桓公竟想将国政交给一个阉竖，急忙说："竖刁自宫以讨好国君，这不是人之常情，这种人靠不住！"

齐桓公见他所提的三个人选都被管仲否决，以为管仲想推荐好友鲍叔牙为相，便说："鲍叔牙如何？"

不料管仲却说："鲍叔牙是个堂堂君子，即使送给他一个千乘之国，如果不合道义，他也不会接受。虽然鲍叔牙是个君子，但他做不了国相。鲍叔牙之为人，好善嫉恶，眼里揉不下沙子，见到别人的一点恶行，便终身不忘。"

最后，管仲推荐大司行隰朋为相。因为，隰朋在小事上善于装糊涂，但在大事上不糊涂。

管仲病榻论相，可谓其从政生涯的绝唱！

首先，管仲连用三个"非人情"否定了易牙等三个奸佞小人，看似武断，其实大有道理。试想，一个连自己的儿子、亲人甚至自己都不爱的人，能去忠于你齐桓公吗？观察一个人的所作所为，若是违背了人之常情，要么他非傻即愚，要么就是抱有不可告人的险恶目的。所谓"无事献殷勤，非奸即盗"，这倒是很值得玩味的知人一法。

之后，管仲以鲍叔牙是非分明、是个"君子"为由，认为他不适合做一国之相，而举荐小事糊涂、大事不糊涂的隰朋，此中含有深意。

作为一国之相，最重要的是要有度量，知道轻重缓急，善于调和各种矛盾，必要时还要懂得妥协。所以，管仲不同意刚正不阿、疾恶如仇的鲍叔牙做国相。这既是为了国家利益，也是为鲍叔牙着想。

位于临淄管仲纪念馆内的管仲墓

　　后来历史的发展也证明了管仲的高瞻远瞩。

　　管仲去世后，齐桓公一开始还遵守管仲的遗言，任用隰朋为相，将易牙、开方、竖刁驱逐。可惜，隰朋在管仲去世的当年也去世了。齐桓公离开了易牙等小人的侍奉，食不甘味，寝不安席，政事不理，后宫混乱，便又将三人召了回来，赋予他们大权。

　　公元前643年，齐桓公染病，卧床不起。易牙等人便在齐桓公的寝宫外面筑起一圈高墙，将齐桓公困在高墙之内活活饿死了，其尸体六十七天得不到收敛，尸虫都爬到了门外。一代霸主，落得个如此凄凉的结局，其惨痛教训值得后人吸取、借鉴。

（三）战国称雄

1. 田氏代齐

齐桓公十四年（前672），发生了一件在当时似乎无足轻重的事情：陈国公子陈完为避陈国内乱，逃到了齐国。

陈完本是陈厉公的儿子，出身高贵，陈国大夫懿氏便想将女儿嫁给他。懿氏的夫人特意请巫祝卜了一卦，卜辞云："是谓'凤凰于飞，和鸣锵锵。有妫之后，将育于姜。五世其昌，并于正卿。八世之后，莫之与京'。"意思是这对小夫妻像凤凰一样双宿双飞，互相唱和，和谐美满。妫姓后代（陈完本姓妫，陈是其氏）将在姜姓齐国生育后代，连续五代子孙昌盛，将担任齐国正卿；八代之后，齐国便无人可比了。懿氏大喜，遂将女儿嫁给陈完为妻。

正在构筑齐国霸业的齐桓公求贤若渴，对陈完的到来非常高兴，想任命他为卿。陈完初来乍到，处事低调，乃婉言推辞。齐桓公便任命他担任了管理百工的工正，相当于工业部长。

齐桓公还赏赐给陈完一块菜田，陈完为了表示将扎根齐国、服务齐国，乃改氏为"田"，从此，他就被称作田完。

田完去世后，谥号敬仲。其子孙世袭其工正之职。到了田无宇（谥桓子）这一代，更是深得齐庄公的宠信。算起来，田无宇正好是田氏第五代，正应了"五世其昌"的卜辞。

齐景公即位后，虽然有贤相晏婴辅佐，却一味贪图享乐，横征暴敛，严刑峻法，百姓苦不堪言。田无宇借机施恩德于百姓，借出粮食用大量器，收回用小量器，因此得到了百姓的拥戴。

人们咒骂公室，而赞美田氏。晏婴对此忧心忡忡，在出使晋国时曾私下对晋国大夫叔向说："齐国将要成为陈氏的天下了。"晏婴已认识到，田氏爱民，人心归附，齐国江山落入田氏之手，是迟早的事。

到了田氏第七代，田氏的掌门人是田恒（田成子）。汉朝为避汉文帝刘恒的名讳，改称田常。田恒采用其父田乞的办法，大力笼络人心。他借给百姓粮食的时候用大斗，等百姓归还的时候用小斗，因此受到百姓的称颂。据说当时民间还流传一首歌颂田恒的《采芑歌》："妪乎采芑，归乎田成子。"意思是："老太太呀采芑菜，采来送给田成子。"说明齐国百姓极为拥戴田恒。不过，这个歌谣是有问题的。"田成子"是田恒死后的谥号，老百姓不可能在他活着的时候唱出他的谥号。

其实，无论是卜辞，还是《采芑歌》，大概率是后人根据史实编造出来的，用以说明田氏代齐是天命攸归。史书上记载的那些非常精准的预言，大抵亦不例外。

田恒收买人心成效显著，齐国人都对田氏家族赞不绝口，对日益腐败、横征暴敛的齐国公族和其他贵族则侧目而视。

见火候已到，田恒发动政变，杀死齐简公，立齐简公之弟吕骜做了傀儡国君，是为齐平公。田恒作为相国，尽揽齐国大权。

接下来，田恒着手清除朝中的政敌。他对齐平公说："施行恩德是人们想要的，由国君您来做；刑罚是得罪人的事，请让臣来做。"齐平公乐得让田恒去当恶人，于是田恒对公族以及鲍氏、晏氏等大贵族进行大清洗，将他们的土地全部吞并。时过五年，田恒的封地已经比齐国公族的领地还要大。

为了增强田氏家族的实力，田恒挑选身高七尺以上的齐国女子做他的姬妾。其姬妾达到一百多人，田恒又照顾不过来，便让其宾客侍从随便出入他的后宫，任由其宾客侍从与其姬妾们淫乱。结果，不算姬妾们生的女孩，仅男孩就生出了七十多个，田恒一律认作儿子，给他们封地，长大后让他们做官，齐国变成了田氏的天下。

田恒的曾孙田和任齐相之时，齐康公徒有国君之名，实力全无，田氏代齐已是水到渠成、顺理成章。

公元前391年，田和将齐康公流放到海边，划给他一个小城做食邑。十二年后，齐康公死于一个小岛上。山东省烟台市芝罘岛上有座康公墓，相传就是齐康公之墓。

公元前386年，田和被周安王册封为诸侯，田氏正式取代姜姓齐国，但仍沿用齐国的国号，世称田齐，史称"田氏代齐"。至此，姜太公建立的姜姓齐国历时六百多年，画上了句号。

"田氏代齐"是春秋战国史上的重大事件，它与十余年前发生的"三家分晋"事件，被视为春秋时期结束、战国时代开始的标志性事件。田氏历经十几代人，用了二百多年，最终在齐国赢得民心，反客为主，成功地取代了姜齐。

2. 齐威王一鸣惊人

姜姓齐国和田氏齐国各有一个太公、一个桓公，田齐太公是田齐第一任国君田和，田齐桓公是田和的儿子田午。公元前356年，田午死后，其子田因齐即位，是为后来的齐威王。

齐威王即位后，一副纨绔子弟的样子，对国政似乎不感兴趣，全交给大臣们处理，他则整天在宫中寻欢作乐，常常通宵达旦地饮酒，臣下没人敢去进谏。

一天，齐威王正在宫中饮酒，忽然谒者来报告说，稷下先生淳于髡来见。

齐威王的父亲桓公田午为了招贤纳士、为齐国储存人才，设立了稷下学宫，学宫里的学者，称"稷下先生"。稷下先生们没有实际权力，但地位很高，享受大夫的待遇，可以直接面见国君。

淳于髡个子不高，秃头，一看就是个滑稽有趣之人。他知道齐威王有话不直说，喜欢说"隐语"，一进门，便云山雾罩地问道："齐国有只大鸟，停留在国君的庭堂之中，三年不飞、不鸣，国君知道这是只什么鸟吗？"

齐威王立即明白了淳于髡的来意，微微一笑，回答说："此鸟不飞则已，一飞冲天；不鸣则已，一鸣惊人。"

淳于髡闻言，甚感欣慰，也不多言，遂长揖而去。

不久，齐威王下令，征各地的县令长共七十二人入朝开会。

齐国当时有七十二城，每城派一个大夫担任县令长。过了几天，七十二个县令长便齐聚临淄，朝见齐威王。

齐威王上朝，先召即墨大夫出列，和颜悦色地对他说："自从你管理即墨以来，我天天听到有人说你的坏话。但我派人到即墨巡察，发现即墨野无荒田，人民富足，官府中没有拖延不办的事项，齐国东部稳定平安。为什么我身边的人都说你的坏话呢？这是因为你没有收买我的左右，没有让他们替你说好话。"说罢，齐威王下令封给即墨大夫一万户的食邑作为奖赏。

赏完即墨大夫，齐威王脸色一变，召阿大夫出列，说："自从你管理阿城，我天天听到人们说你的好话，但是，我派人去阿城巡察，发现田野没有开垦，百姓生活困苦。以前赵国进攻我齐国的甄城，你不去救援；卫国攻取我齐国的薛陵，你竟然不知道。我天天听到别人称赞你，是因为你以重礼贿赂我的左右。"于是下令，让士兵们将早已准备好的大锅加水烧热，把阿大夫投进锅中，将其活活烹死。

齐威王又下令，将曾经说过阿大夫好话的周破胡等近臣也一一烹死。众臣见状，都吓得面如土色。

之后，齐威王发兵，西击赵、卫，夺回被赵、卫侵战的失地；继而讨伐魏国，将魏惠王包围在浊泽（今河南省新郑市西南），魏惠王被迫献地求和。

这时的齐威王，似乎脱胎换骨变成了另一个人，真可谓"一飞冲天、一鸣惊人"。

其实，刚即位时的齐威王，故意做出昏庸无道的样子，故意迷惑众臣，让众臣在无所顾忌的情况下现出原形。他一直在暗中观察群臣，并派出暗探到各地巡视，不轻信左右的谗言，重在考察官员的政绩。通过抓典型，一奖一罚，使得齐国上下震动畏惧，人人不敢文过饰非，都恪尽职守，齐国实现大治，诸侯各国长达二十余年不敢对齐国用兵。

"一飞冲天"和"一鸣惊人"后来成了人们常用的成语典故，用来比喻平时没有特殊表现，忽然做出了惊人的成绩。这个典故亦见于《韩非子·喻老》所载楚庄王之事，从时间上看，楚庄王在前，齐威王在后。或许是淳于髡用楚庄王的典故进谏，齐威王用楚庄王的话回答，于是出现了这种"巧合"。

3. 邹忌讽齐王纳谏

齐相邹忌身高八尺有余，相貌堂堂，是齐国的美男子。他自己也认为自己长得很美，每天都要对着镜子自我欣赏一番，属于睡觉时经常被自己帅醒的那种，很自恋。

有天早晨，他穿戴好，照着镜子，对妻子说："我和城北徐公相比，谁更帅？"

其妻说："您太帅了，徐公怎么能比得上您呢？"

邹忌所说的城北徐公，是齐国著名的美男子。听妻子说他长得比徐公还帅，邹忌有点不相信，便又问他的妾："我同城北徐公比，谁更帅？"

其妾说："徐公怎么能比得上您啊？"

第二天，有客人来拜访，邹忌又问客人："我和城北徐公谁更漂亮？"

客人说："徐公不如您漂亮。"

邹忌听了，不禁感到美滋滋、喜洋洋。

又过了一天，城北徐公前来拜访。邹忌仔细端详徐公，越看越觉得自己不如徐公好看。再照镜子看自己，更觉得远远不如徐公美。

邹忌感到很受打击，夜里难以成眠，总是在想这个事。他认识到："我妻子说我帅，是偏爱我；我的妾说我帅，是害怕我；客人说我帅，是有求于我。"

于是，邹忌上朝拜见齐威王，将与徐公比美的事说给齐威王听，然后说："如今齐国幅员千里，有一百二十座城邑，您宫中的嫔妃和亲信没有不偏爱您的，朝廷大臣没有不害怕您的，全国百姓没有不有求于您的。由此看来，您受到蒙蔽很深啊！"

齐威王说："你说得好！"遂下令："群臣吏民能够当面指出寡人过错的，可受到上等奖赏；上书劝谏寡人的，可受到中等奖赏；无论是在闹市，还是在朝堂，能够公开批评、议论朝政的，被寡人听到后，可得下等奖赏。"

这个命令刚颁布之时，群臣都来进谏，门庭若市；几个月后，偶尔还有人前来进谏；一年以后，臣民就是想进谏，也没什么可说的了。

燕、赵、韩、魏等国听说后，都到齐国来朝见，学习齐威王的治国理政经验。人们评价说："此所谓战胜于朝廷。"意思是不用通过战争，仅看国君在朝廷上处理政事的水平，就能分出胜负。

《史记·田敬仲完世家》还记载了一则邹忌"以鼓琴见威王"的故事。邹忌拿着琴去见齐威王，齐威王让邹忌在右边的房间等候，自己弹起了琴。正弹着，邹忌推门而入，说："弹得好啊！"齐威王正弹得起劲，忽然被邹忌打断，顿时很不高兴。邹忌对齐威王谈了一番如何才能将琴弹好的道理，由弹琴联系到治国理政，说明治理国家、安定人民，与弹琴时讲究缓急相济、五音和谐是相通的。一席话，说得齐威王连声叫好。

三个月后，齐威王任命邹忌做了齐相。邹忌拿自己与徐公比美之事向齐威王进谏，是其担任齐相之后的事。

邹忌讽谏，说明齐威王善于纳谏，从善如流。田氏齐国在齐威王的治下开始崛起，继春秋首霸齐桓公之后，在战国时代一度"最强于诸侯"，不是没有原因的。

4. 齐威王与魏惠王比宝

公元前 403 年，赵、魏、韩三家分晋之后，位于齐国西部的魏国率先强大起来。齐威王即位后，邀请魏惠王到齐国进行友好访问，会谈之余，两人一起到临淄郊外打猎。

打猎累了，齐威王和魏惠王便在野外饮酒休息。酒酣耳热之时，魏惠王略带醉意地问齐威王："您有什么宝贝吗？"

齐威王没明白魏惠王的意思，便回答说："没有。"

"没有？不可能吧！"魏惠王摇头道，"寡人的魏国是个小国，尚且有十枚直径超过一寸的明珠，每枚明珠的光亮能照见前后十二辆车子。贵国是堂堂的万乘之国，怎么会没有宝贝呢？"

齐威王听了，不禁哈哈大笑，说："是这样啊？寡人当然也有宝贝，不过，寡人的宝贝与您的不一样。"

"那您的宝贝是什么啊？"魏惠王问道。

齐威王说："齐国有一位大臣叫檀子，寡人派他守卫齐国的南部边境要塞南城，楚国人就不敢来犯，泗水流域的十二诸侯都来朝拜齐国；齐国有一位大臣叫盼子，寡人派他守卫齐国东部的高唐，赵国人就不敢到黄河里捕鱼；齐国有一位大臣叫黔夫，寡人派他守卫徐州，燕国人就朝拜齐国的北大门，赵国人朝拜齐国的西大门，燕赵百姓前来投奔齐国的有七千多家；齐国还有一位大臣叫种首，寡人让他负责治安，防备盗贼，于是齐国夜不闭户，路不拾遗。这些人，都是寡人的宝贝。寡人重用他们，能够照亮齐国的千里之地，岂止能照亮十二辆车子啊？"

魏惠王听罢，顿时满脸羞愧，无言以对，赶紧讪讪地告辞回国去了，一路上闷闷不乐，仿佛打了一个大败仗。

魏惠王把明珠当作最珍贵的宝贝，而齐威王将人才当作国之瑰宝，由此亦可见两人眼界之高低、见识之深浅、胸怀之大小。齐国在齐威王的领导下击败魏国，威震诸侯，成为战国前期的中原霸主，也自在情理之中了。

5. 齐魏徐州相王

齐、魏经过桂陵之战和马陵之战，魏国均以大败告终，已无实力与齐国争霸。雪上加霜的是，西方的秦国也日益强大，对中原虎视眈眈，不断侵扰魏国。魏国处于四战之地，不敢四面树敌，乃转而向齐国示好。

齐威王也担心咄咄逼人的秦国入侵中原，需要魏国、韩国阻止秦国东进，遂答应与魏国言归于好，并约定与魏惠王在徐州（今江苏省徐州市，一说在山东省滕县东南、江苏徐州以北）会盟。

公元前334年，魏惠王率领韩国和几个中原小国国君来到徐州朝见齐威王。在盟会上，魏惠王为了讨好齐威王，忽然提议，尊齐威王为齐王。

齐国自齐桓公打起"尊王攘夷"大旗以号令天下，迄今已三百多年了。进入战国时代之后，周王室日益衰弱，连一个小诸侯国的实力也比不上，几乎是名存实亡。因此，各诸侯国早就不买周天子的账了，对周王室不屑一顾。齐国打出的"尊王"大旗，也早就没人在意了，更谈不到还有什么号召力。

不过，这杆大旗既然是齐国打起来的，齐国自然不会轻易自我否定，故而一直在极力维护"尊王"这个招牌。周烈王去世后，周烈王之弟周显王即位，遣使赴各诸侯国报丧，结果前来吊丧的齐国使者姗姗来迟，周显王大怒，派使者到齐国问罪，说天子驾崩是天崩地陷的大事，作为周王朝东方藩属之国的齐国却迟到了，真是该杀！

齐威王闻言勃然而怒，破口大骂周显王："你母亲是个贱婢！"此时，齐威王已有了不臣之心。

而今，魏惠王尊齐威王为王，正中齐威王的下怀。不过，齐威王也明白，除了南方的蛮夷之国楚国、吴国、越国擅自称王之外，中原各诸侯国一直是周王朝的封国，如果称王，这就意味着不再对周天子称臣，与周天子平起平坐，说难听点，就是"乱臣贼子"。这不仅是自己扳倒了自己树起的"尊王"大旗，弄不好，还会成为众矢之的，招来各诸侯国的讨伐。

齐威王不敢独自称王，便顺水推舟，劝魏惠王也称王号，魏惠王自然非常高兴，欣然应允，并改这一年的年号为魏国后元年。

齐、魏互相尊对方为王，这一事件史称"徐州相王"。

齐、魏称王，最气愤的不是周天子，而是楚威王。积弱积贫的周显王无可奈何，不敢吭声，楚威王却睡不着觉、吃不下饭，对齐国称王感到忧愤不已。楚威王意识到，齐国称王之后，将无所顾忌，势必成为楚国的劲敌。因此，他开始图谋出兵讨伐齐国。

有了齐、魏两国带头，秦、赵、韩、燕等国后来也纷纷效仿，都称王了。

著名史学家钱穆先生认为："徐州一会，实当时诸侯称王之初步，战国惊人一大事。"从此，周天子作为"天下共主"的地位不复存在，"尊王攘夷"的政治纲领也偃旗息鼓，各国皆称"王"号，历史进入了列国争雄、残酷兼并的时代。

6. 齐国破燕之战

公元前 314 年，齐宣王得到了一个令人惊掉下巴的消息：燕王哙将王位禅让给了国相子之，将军市被与太子平起兵造反，燕国大乱。

一国之王，将王位让给大臣，这在先秦可谓绝无仅有。燕王哙是不是吃错药了呢？

公元前 321 年，燕易王去世，太子哙继位。燕王哙对传说中的尧舜禅让制度非常向往，梦想成为唐尧虞舜那样的圣贤。

燕相子之，在了解燕王哙的所思所想后，其野心被勾引起来，于是开始图谋夺取燕王之位。

苏秦任燕相时，曾与子之结为儿女亲家。苏秦的弟弟苏代也与子之倾心结交，被派往齐国照顾在齐国做人质的燕国公子。苏代回到燕国后，燕王哙召见他，问："听说齐国有个孟尝君，是个大贤人，齐王有此贤臣，是不是可以称霸天下了？"苏代说："齐国肯定不能称霸。"燕王哙问为什么，苏代回答说："齐王知道孟尝君有能力，但不信任、不重用他，怎么能称霸呢？"

燕王哙闻言，叹了口气，说："可惜寡人得不到孟尝君这样的贤人为臣，如果能得到，怎么能不重用呢？"

苏代赶紧说："燕国的国相子之，善于治国理政，他就是燕国的孟尝君啊！"

过了几天，燕王哙又问大夫鹿毛寿："古代的君王有很多，为什么人们唯独称颂尧舜呢？"

鹿毛寿是子之的死党，听到燕王哙的问话，忽悠燕王道："尧舜之所以被称作圣人，是因为尧能把天下让给舜，舜能把天下让给禹。"

一席话又勾起了燕王哙想成为"圣贤"的欲望，遂问："寡人想把燕国让给子之，这事可行否？"鹿毛寿连忙顿首道："大王如果这样做，与尧舜还有什么不同啊？"

燕王哙想到自己一朝禅位，就能成为天下人仰慕崇拜的圣贤，不禁心花怒放。

公元前 316 年的一天，燕王哙召集群臣，宣布将王位禅让给子之，自己反而向子之称臣，搬出王宫，到别的宫殿居住。

子之想不到王位得来竟然如此容易，于是乐颠颠地南面称王，将苏代、鹿毛寿这两个大忽悠拜为上卿。

子之在位两年，昏庸残暴，人心尽失。公元前 314 年，将军市被率本部士兵进攻燕宫，欲推翻子之。失去继位资格的太子平对子之上位早就恨恨不已，也聚众反抗，燕国于是大乱，子之、市被、太子平三方展开混战，死伤数万人。

齐宣王一直想扩展疆土，称霸诸侯，对北边邻国燕国的城邑早就垂涎三尺。听说燕国大乱，兵无斗志，当即决定打出平定燕国内乱的旗号，挥兵伐燕。

齐宣王令大将匡章率领十万大军长驱北上，果然一路势如破竹，仅用了五十天，便攻入燕都蓟城（今北京市）。

此时，燕将市被已兵败身死，燕王哙和太子平也死于战乱。子之见齐军攻来，与鹿毛寿等死党率兵抵抗，鹿毛寿战死，子之兵败被杀，尸体被做成了肉酱。

本来，齐军前来帮助燕国平定内乱，得到了燕国军民的支持，沿途各城邑皆大开城门欢迎齐军，所以齐军才能如此顺利地攻进蓟城。但是，匡章占领燕国大部分国土后，纵兵烧杀抢掠，将燕国的重器、财宝掠夺一空，装车运回齐国。这自然引起了燕国百姓的不满。

秦、赵、魏、韩等国看到齐国一举拿下燕国，既羡慕，又恐惧。他们都担心齐国吞并燕国之后，如虎添翼，将危及自己的国家，于是纷纷联络，反对齐国吞并燕国，并准备组成联军攻打齐国。

齐国不费多大力气便攻占了大半个燕国，这确实出乎齐宣王的预料。对齐军下一步该怎么办，是不是将燕国国土并入齐国，他并没有预案。他问时为稷下先生的孟子："我把燕国占了，怎么样？"

孟子回答说："这要看燕国人民高兴不高兴、答应不答应。如果齐国占领燕国，燕国人民很高兴，那就吞并了它；如果燕国人民不高兴，那就不要占领。齐国攻打燕国，燕国百姓箪食壶浆以迎王师，能有什么原因？无非是想脱离水深火热的处境嘛！齐军这么顺利，不过是运气好而已。"

齐宣王又问："诸侯们都在商量着讨伐我齐国，该怎么办呢？"

孟子劝齐宣王见好就收，立个燕国国君，然后撤兵，以免招致诸侯们的围攻。

齐宣王反复衡量利弊，鉴于诸侯们即将兴师讨伐，燕国百姓纷纷反抗，齐军吞并燕国实在是困难重重，只好决定撤回驻燕的齐军，将燕国这块到口的肥肉又吐了回去。

不等齐宣王另立燕王，赵武灵王已派将军乐池护送流亡韩国的公子职回到燕国即位，公子职就是后来大名鼎鼎的燕昭王。

齐国破燕之战，是齐宣王在位之时发动的一次非常重要的战争，此役进展顺利，差点灭掉燕国，展示了齐国强大的军事实力，令列国感到警惕、恐惧。而齐军在燕国的胡作非为，也使燕国与齐国结下了深仇大恨，埋下了二十八年后乐毅伐齐的伏笔。

7. 齐湣王称"东帝"

齐湣王十四年（前288），秦相魏冉作为秦国使节，来到了齐国都城临淄。

魏冉是秦国宣太后的同母异父弟弟，是秦昭襄王的舅舅，被封为穰侯，在秦国是个举足轻重的权贵人物。他亲自出马来到齐国，肯定是有重大事项与齐湣王商量。

齐湣王名叫田地，是齐宣王之子。他即位初期，继威宣二世之余烈，尚能励精图治，使齐国保持了东方大国、强国的地位。齐湣王四年（前298），齐国率魏、韩两国军队讨伐秦国，竟至攻破函谷关，给予秦国以沉重打击，使雄心勃勃的秦昭襄王此后近十年不敢染指崤山以东。

秦国派出最高规格的使臣来访，齐湣王自然要高规格接待。一见面，魏冉先吹捧了齐湣王一番，表达了秦国愿与齐国结为战略合作伙伴关系的愿望。顺着这个话头，魏冉突然提出：秦国愿尊齐王为帝。

魏冉认为，当时的天下形势，西边以秦国为最强，东边以齐国为最强。秦国和齐国实际是天下诸侯的领袖，但秦国和齐国与其他诸侯国都称"王"号，显不出秦国和齐国地位的尊贵。因此，不如秦国称"西帝"，齐国称"东帝"，形成东西二帝领袖群伦的局面。

秦昭襄王早就对"三皇五帝"中的帝号钦羡不已，也想称帝过过瘾。但是，他担心一旦称帝，将激怒天下诸侯，招来列国讨伐。思来想去，他想拉上个垫背的，便效仿当年齐魏"徐州相王"，希望来个"秦齐相帝"。秦国和齐国这两个最强大的国家同时称帝，料其他国家也无可奈何。因此，他特派秦相魏冉出使齐国，与齐湣王约定同时称帝。

魏冉尊齐湣王为"东帝"，还有一个很务实的目的，就是秦国与齐国结为联盟，共同夹击赵国。

齐湣王已在位十四年，王位坐得顺风顺水，此时也变得好大喜功、忘乎所以。一听魏冉之言，顿时大喜过望，连忙应允。对于协助秦国伐赵这一要求，也答应下来。

于是，就在这一年，齐、秦两国昭告天下，齐称"东帝"，秦称"西帝"。

纵横家苏秦此时从燕国来到齐国，听说齐王称帝，马上去拜见齐湣王。

齐湣王见到苏秦，打着哈哈，问道："你来得正好啊！秦国派魏冉来尊寡人为帝，你认为怎么样？"

苏秦说："大王问得有点仓促，而灾难往往在到来之前并不明显。希望大王表面上接受帝号，但不要公开称帝，我们等等看。先让秦国称帝，如果诸侯们能够容忍，大王跟着称帝也不晚。而且，推辞帝号，在名声方面也没什么损失。秦国称帝后，如果天下人都厌恶它，大王就不要称帝，这样可以收天下民心，这是将来夺取天下的大资本。再说了，天下两帝并立，大王觉得诸侯们是更尊重齐国呢，还是更尊重秦国？"

齐湣王想了想，说："更尊重秦国。"

苏秦又问："如果齐国放弃帝号，天下是喜欢齐国呢，还是喜欢秦国？"

齐湣王说："当然是喜欢齐国而厌恶秦国。"

苏秦循循善诱，接着问道："齐国和秦国共同伐赵，与齐国讨伐残暴的宋国相比，哪个对齐国更有利呢？"

齐湣王回答说："伐宋对齐国更有利。"

宋国位于中原中心，齐国如果占领了宋国，就扼住了天下的枢纽，掌握了逐鹿中原的主动权。而与秦联合灭赵，赵与秦接壤，距离秦国近，得实惠的是秦国。所以，齐湣王决定，放弃联秦攻赵的计划，改为进攻宋国。

齐湣王贪图占领宋国的眼前利益，却没有想到，宋国是个弱国，位于四战之地，对周边各国都构不成威胁。秦、楚、魏、韩等列强没有攻灭它，缘于都不想成为诸侯们的众矢之的。宋国，一直作为周边大国的缓冲地带，在夹缝中艰难生存。

齐湣王却像老太太吃柿子——专挑软的捏。他认为，以齐国的实力，灭宋要容易得多，也实惠得多。

于是，他听从苏秦的劝说，宣布去掉帝号，准备伐宋。

听说齐湣王变卦，去掉帝号，秦昭襄王也不敢独自称帝，于是也宣布去掉帝号，仍称秦王。

秦、齐两国演出的这场称帝大戏，至此戛然而止。

8. 王孙贾率众杀淖齿

齐湣王十四年（前288），齐湣王宣布去掉"东帝"之号，令齐军攻打宋国，占领了宋国的淮北之地；次年，又出兵攻打宋国的平陵（今山东省菏泽市定陶区东北）；第三年，齐国第三次攻宋，大败宋军，宋康王逃到魏国而死，宋国遂亡。

齐国吞并宋国，吓坏了韩、赵、魏、秦等国。燕昭王派苏秦到齐国做卧底，主要任务就是鼓动齐湣王灭宋，以激起各国对齐国的恐惧和愤怒之情，以便联合各国伐齐，以报二十八年前的齐国伐燕之仇。齐湣王果然吞并了宋国，列国顿时同仇敌忾。燕昭王遂抓住时机，遣使联合秦、赵、魏、韩等国，结成攻齐联盟，以燕国大将乐毅为联军统帅，于齐湣王十八年（前284）大举伐齐，史称"乐毅伐齐"。

齐湣王派大将触子率军在济水东岸列阵迎战。触子见联军来势汹汹，本欲凭借济水天险固守，待敌军师老兵疲再出击，而齐湣王急于求胜，遣使逼迫触子主动出战，结果齐军大败，触子逃走，不知所终。联军渡过济水后再次大败齐军残部，直逼临淄城下。

秦、魏、赵、韩四国见教训齐国的目的已经达到，在大肆掠夺之后便各自撤军了。而乐毅率领的燕军则继续进攻，不仅攻入临淄城，还追亡逐北，大有不灭齐国不罢休之势。

齐湣王与临淄的达官权贵们四处逃窜，大量逃难人群在燕军的追赶下，逃进莒和即墨这两座城市。

莒和即墨都属于齐国的"五都"，是仅次于临淄的繁华都市，物资储备丰富，城坚池深，利于防守，因此，这两个城市成了齐国抵抗燕军的最后堡垒。

这时，楚顷襄王见齐国大败，打着救援齐国的旗号，派大将淖齿率军来到莒城。齐湣王很高兴，任命淖齿为齐相，谁知淖齿把脸一翻，突然令士兵逮捕齐湣王。淖齿令士兵将齐湣王倒挂在房梁上，一边数落，一边将齐湣王的筋抽掉，齐湣王痛苦悲号了一夜才死去。

齐湣王有个侍臣，叫王孙贾。王孙贾是齐国的宗族，年方十五岁，聪明机灵，齐湣王很喜欢他，便召他进宫做了侍从。

王孙贾每天早晨入朝，他的母亲总要将他送到大门外，望着他的背景走远。如果他回家晚了，他的母亲就会在闾巷的大门口焦急地等待他回家。后人因王孙贾之母"倚门而望""倚闾而望"归纳出成语"门闾之望"，形容父母对子女的想望。

齐湣王辗转逃到莒城之时，王孙贾与齐湣王走散了。王孙贾带着母亲也逃到了莒城，却不知齐湣王已被淖齿杀害了。

王孙贾安顿好母亲，然后去寻找齐湣王。晚上回家后，他的母亲问道："找到大王了吗？"

王孙贾摇了摇头，说："没有。"

他的母亲很严肃地说："你是齐王的侍从，大王出逃在外，你不知他的下落，你还回来做什么？"

王孙贾惭愧地低着头，不敢直视母亲的眼睛。

次日，王孙贾继续到外面打听齐湣王的去向，终于打听到齐湣王已被淖齿残酷杀害的消息。

王孙贾悲愤不已，来到集市上振臂大呼："淖齿杀害了我们的国王，愿随我去诛杀淖齿的，请将右胳膊露出来！"

人们被这个血气方刚的小伙子所感动，纷纷露出右臂，站到他一边。霎时，愿意跟随王孙贾起事的达到四百多人。

人们拿起刀斧棍棒，在王孙贾的率领下，来到淖齿的住处。由于事发突然，淖齿的住处只有少数士兵把守，难以抵挡。众人迅速冲进府中，将猝不及防的淖齿杀死。

淖齿带来的楚军得知主帅被莒人杀掉，不敢留在莒城，急忙撤退回国了，莒城遂被齐人控制。

王孙贾率莒城市民杀掉淖齿，为齐湣王报了仇，也为齐襄王复国创造了条件，厥功至伟。遗憾的是，之后，王孙贾在史料中便没了踪影，仿佛一颗划空而过的耀眼流星。

9. 田法章：由男佣变国王

齐湣王十八年（前284）的一天，齐国莒城（今山东省日照市莒县）富户太史敫的家中，来了一个年轻的男佣。

这个男佣自称是从齐国都城临淄逃难而来的，他到太史敫家中做佣工，不要任何报酬，只求有口饭吃。

就在这一年，由于燕国大将乐毅率五国联军伐齐，将齐军打得一溃千里，临淄、阿、平陆、聊城等齐国大城市的达官权贵们在燕军的追赶下只好向西逃窜，最后大多逃进莒和即墨这两座城市。齐湣王也辗转逃到了莒城，却被楚将淖齿所杀。

太史敫家来的那个男佣，就是齐国这次灭顶之祸的亲历者。

他在太史敫的家中埋头干活，寡言少语，深居简出，却引起了太史敫女儿的注意。

太史敫的女儿正值豆蔻年华，哪个少女不怀春？她见这个年轻的男佣眉清目秀，细皮嫩肉，知其绝非出身低贱的粗鄙之人，不禁芳心暗许。

于是，太史女常常背着父母，送些衣食给这个男佣，一来二往，两人开始恋爱，太史女遂以身相许。

王孙贾率莒人杀死淖齿、控制莒城之后，逃到莒城的齐国官员们商议，决定寻找齐湣王的儿子立为齐国国君。但是，寻找湣王之子的布告贴出很久了，一直没有线索。

太史家的男佣也知道了官府满城寻找齐王之子的告示，过了很久，他才敢到官府亮明身份："我是齐王的儿子法章。"

原来，这个男佣正是齐湣王的儿子田法章。乐毅攻破临淄之时，田法章也随着公室子弟向西逃亡，路上与众人走散。他一路隐姓埋名，逃到莒城，投身太史敫家中做佣工。

寻找齐王之子的告示贴出后，因为当时莒城非常混乱，田法章担心这是敌人的引蛇出洞之计，怕贸然现身被人诛杀，所以一直不敢公开自己的真实身份。过了段时间，他发现楚人确实已经撤走，莒城在齐人控制之下，这才敢现身。

许多逃亡到莒城的大臣都认识田法章，于是立之为齐王，并布告全国。

太史家的男佣，摇身一变，成了齐王。因为他死后谥"襄"，故史称齐襄王。

齐襄王既立，不忘他的红颜知己，立太史女为王后。她后

来长期掌控齐国国政，史称君王后。

太史敫见家中那个沉默寡言的男佣一下子坐上了齐王宝座，本就惊讶莫名，忽又见自己的女儿被封为王后，更是惊诧不已。按说，自己的女儿成了王后，一般人自是又惊又喜，但太史敫却是又惊又怒。他说："女孩子不通过明媒正娶，而是自己找婆家，成何体统！污辱我家族的清白名声，这不是我的种！"竟然宣布终身不愿见到这个女儿。

君王后对父母一直非常孝顺，并不与迂腐的父亲怄气，而是经常回娘家看看，不因为父亲不见她就失了做子女的礼数。

君王后为齐襄王生了两个儿子：长子田建，次子田假。田建即齐国的末代国王。

公元前265年，在位十七年的齐襄王去世，其长子田建即位。由于田建尚未成年，齐国国政由君王后把持。公元前249年，君王后去世。公元前221年，秦王嬴政在先后灭掉韩、赵、魏、楚、燕五国之后，派重兵进攻齐国，并派使者陈驰前来劝降。齐王田建相信了秦王答应给他五百里封地的许诺，不战而降，齐国灭亡。但秦王并没有兑现承诺，而是将田建囚禁在太行山下的共地（今河南省新乡市辉县），将他活活饿死了。

齐襄王的次子田假在秦末战乱时被项羽立为齐王，不久被项羽所杀。这是后话。

10. 齐国到底有多富强?

一说起战国时代的列国，人们往往认为：齐国最富，秦国最强，楚国最大。

其实，不仅在战国时代，在整个春秋战国时期，列国中最富裕的国家，当然非齐国莫属。秦国之强，始自商鞅变法之后。在战国前期和中期，齐国是既富又强。

自姜太公确立商工立国的基本国策之后，齐国走上了一条迥别于农耕国家的商业文明道路，使齐国迅速富裕起来。经过齐桓公、管仲锐意改革，通货积财，齐国一跃成为春秋时期第一个霸主之国。齐国那时候可谓富得流油，齐人生活奢华，渐生侈靡之风。管仲虽为臣子，却比列国国君还要富有，生活非常奢侈，但是"齐人不以为侈"。为什么齐人不认为管仲生活奢侈呢？大概是因为，齐人普遍生活富裕，国家领导人生活得奢华一些，也就不那么扎眼了。

那么，齐国到底有多富呢？

由于历史久远，文献匮乏，我们现在已经弄不清齐国的财富有多少了。而齐国之国力，从稷下学宫即可略见一斑。

自齐桓公田午创立稷下学宫之后，至齐宣王时期而达到鼎盛，稷下先生达七十六人，稷下学士有上千人。齐宣王在交通便利的地方为稷下先生们修建豪宅，每人一座高大宽敞的府第，让他们享受上大夫的待遇。没有雄厚的国力，一般小诸侯国恐怕养不起这么多享受正部级待遇的高级知识分子。

还有几个小故事，也可以使我们从侧面领略齐国之富裕。

《吕氏春秋·孟夏纪》记载说，齐王一天要吃几千只鸡。齐王有多大的胃口？竟然一天要吃几千只鸡！原来，齐王有个嗜好，爱吃鸡爪子中间的那一点小肉。所以，他一天要耗费好几千只鸡。

当然，这只是《吕氏春秋》写的一个寓言，也没说明是哪个齐王。为什么不拿秦王、楚王、赵王、燕王他们举例呢？盖因齐国最富，也只有齐王能吃得起。

《韩非子·内储说上》讲了一个"滥竽充数"的故事，说齐宣王喜欢听吹竽，吹竽合奏表演达到三百人的规模，这可能是古代最大规模的乐团合奏了。仅是吹竽乐团就有三百人，没有雄厚的财力，怎么能养得起！

齐王生活奢侈，那么，普通百姓的生活如何呢？

齐桓公时代，管仲曾经施行"九惠之教"，这是齐国政府施行的九种惠民政策，可谓中国古代最完善的社会保障措施。"九惠之教"指老老、慈幼、恤孤、养疾、合独、问疾、通穷、振困、接绝。对社会上的老人、儿童、孤儿、病人、孤寡、穷人、丧子者等需要帮助的群体，制定了详细的救助措施，做到老有所养、幼有所教、贫有所依、难有所助。

《孟子·离娄下》写了一则"齐人有一妻一妾"的故事，

说这个齐人欺骗其妻妾说，每天都有达官贵人们请他吃大餐，实际上他每天跑到坟地里乞食别人上坟用的祭品。这个故事意在讽刺此人厚颜无耻，但从侧面却反映了齐人的幸福生活，从而诞生了一个成语："齐人之福。"因为，这个齐人没有正当职业，却在都城中有房产，而且娶了一妻一妾，生活无忧。

著名纵横家苏秦到齐国游说齐宣王，说了一段非常有名的话："临淄城中有七万户人家，我算了一下，一户不下三个壮年男子，三七二十一万，不用到别的地方征兵，仅仅临淄一城就能征集二十一万大军。临淄非常富裕殷实，人民文化娱乐活动丰富多彩，到处是吹拉弹唱、斗鸡遛狗、下棋打牌、踢球的人群。临淄的道路上经常堵车，车轮子碰着车轮子，人们肩膀摩着肩膀，连起衣襟、举起衣袖就成为帷幕，挥汗就跟下雨一样，每家每户都很富裕殷实。临淄的老百姓都志得意满，喜气洋洋。"

苏秦的这番话，虽然有些夸张，却也形象地说出了当时齐国临淄的富裕繁华和齐国人民的精神状态。"毂击肩摩""连衽成帷""举袂成幕""挥汗成雨""家殷人足""志高气扬"，这些词都成了后人常用的成语。

说完齐国之富，我们再看齐国之强。

齐桓公、管仲时代的齐国，是春秋时期第一个天下霸主，国力之强自不必多说。田氏代齐之后，经过齐威王的励精图治，齐国再造辉煌，成为战国前期的中原霸主。齐威王的儿子齐宣王田辟彊即位后，齐国继续保持强大的国力，伐燕一战，差点灭了燕国。齐威王、齐宣王时代号称"威宣盛世"，一度"最强于诸侯"。

齐湣王田地即位后，挟韩制楚，攻燕灭宋，齐国继续保持东方强国的地位。列国中，有能力与秦国抗衡的，首推齐国，秦昭襄王也承认齐国是与秦并列的强国，乃遣使约齐湣王共同称帝。

由于齐湣王好大喜功，四面树敌，结果招来五国联军伐齐，致使齐国一败涂地，几致亡国，从此一蹶不振，诚为可惜可叹。

三

巍巍稷下

田氏齐国第三任君主齐桓公田午为了招揽天下人才，在临淄城稷门之外建立馆舍，被后人称作"稷下学宫"。这里的学者被称为"稷下学士"，其中的佼佼者被称为"稷下先生"。稷下学宫历时大约一百五十年，是集政治、教育、学术功能于一体的大学堂，是世界上最早的政府智库和社会科学院，是战国时期诸子百家学术争鸣的主要阵地，是当时的学术研究中心和思想文化中心。稷下学宫促进了中华文化的兴盛繁荣，在中国思想文化史上写下了浓墨重彩的一章，对后世的影响至为深远。

1. 最早的"政府智库"

齐宣王元年（前 320），齐国都城临淄的小城西门——稷门之外，一项浩大的工程正在奠基。一年之后，数十座"高门大屋"拔地而起，蔚为壮观。

这里，一直是稷下学宫的所在。田氏齐国第三任君主田午即位后，下令建"稷下学宫"，专供游学到齐国的学者在这里讲学、辩论、议政。田午的儿子齐威王即位后，稷下先生、稷下学士日益增多，此时的稷下学宫已不敷使用，扩建势在必行。

所以，齐威王的儿子齐宣王田辟疆即位之初，立即下令扩建学宫，并在学宫附近为稷下先生们建造豪宅。齐宣王在位期间，稷下学宫达到鼎盛，稷下学士有上千人，享受大夫待遇的稷下先生有七十六人，齐宣王赏赐给稷下先生们每人一座豪宅。

齐国统治者们之所以要设立稷下学宫，一方面，是齐国广泛吸纳人才、掌握人才资源、为争强图霸服务的需要；另一方面，是为了给自己留下一个善于招贤纳士的美名，获得天下士人的支持。

为什么稷下学宫出现在齐国而不是别的国家呢？这大概因为，首先，齐国自太公开国之时就有"尊贤尚功"的历史传统，招贤纳士、尊重人才，成为齐国历代统治者的治国理念之

稷下学宫遗址

一；再者，齐国之富强也为供养大量的人才奠定了物质基础。齐国由政府出资养士，成为齐国政府的一个庞大的人才库和智囊团，此举也带动了权贵富豪的养士之风，齐威王的孙子孟尝君田文养士多达三千人，成为以养士闻名的"战国四公子"之首。

稷下先生一方面向齐王建言献策，提供富国强兵、统一天下的政治方略，一方面授徒讲学、著书立说，客观上促进着学术的融合与齐国人才的培养。当时的稷下学宫聚集了天下一流的学者，如孟子、淳于髡、驺衍、宋钘、尹文、田骈、慎到、

接予、环渊等等，他们在稷下学宫自由辩论、互相诘难、多方学习、彼此融合，出现了中国文化史上著名的"百家争鸣"的盛况，稷下学宫理所当然地成为天下学术文化中心。

在稷下学宫，孔子之学由孟子、荀子分别加以继承和发展；墨子之学被宋钘、尹文加以改造；老子之学由慎到、田骈等人加以创造性发挥；驺衍阴阳五行学说风靡天下，极大地冲击了旧有观念；而那些学无所主的学者们则游离于各派之间，对各派学说均有所取舍，高谈阔论，不拘一端。总之，先秦诸子之学在稷下学宫得以发展成熟，汇入中华优秀传统文化的主脉之中。

以今天学科分类的眼光来看，稷下学宫的学术思想涵盖了政治学、哲学、社会学、伦理学、经济学、法学、文学、历史学、地理学等人文社会科学的方方面面，作为研究者的稷下先生受田齐王室的资助，带领他们的研究团队（弟子）去研究各种社会实际问题，他们的研究成果有些被直接采纳，有些则成为著作流传至今。可以说，稷下学宫与今天的社会科学院非常相似，也是世界上最早的"政府智库"。

2. 稷下先生的待遇

齐宣王三年（前317），在齐国稷下学宫门外的一条大道上，名闻天下的大学者孟子正乘马车前往稷下学宫，他的数百位弟子分乘数十辆马车紧随其后，这浩大的声势令路人震惊不已。孟子此时不过是稷下学宫的一个先生，有职无权，为何有这么大的排场？

东汉学者徐干在《中论·亡国》中记载说："当年齐桓公建立稷下之官位，设立大夫的名号，招来贤能之人而尊宠之，孟轲之类的贤人都来到了齐国。"说明孟子是稷下学宫早期的骨干。齐宣王即位后，特别重视招贤养士，稷下学宫在此期间达到了鼎盛。《盐铁论·论儒》记载说，齐宣王将稷下学宫发扬光大，孟子、淳于髡等稷下先生们拿着上大夫的俸禄，但没有具体的职责，以便他们客观地议论国事。齐宣王时期的稷下先生有一千多人。而据《史记·田敬仲完世家》的记载，享受大夫待遇的稷下先生有七十六人。

周代社会的等级为：天子、诸侯、卿、大夫、士、庶人。大夫在一国之中，相当于正部级高官。稷下先生享受大夫的待遇，而孟子、淳于髡是稷下学宫的领袖，享受上大夫的待遇。"上大夫"的地位低于卿，高于大夫。所以，孟子出行的排场很阔绰，往往有数十辆车的车队，扈从如云，浩浩荡荡，招摇过市。

齐国国君们除了让稷下先生拿着很高的俸禄，还为他们提供了优渥的居住条件和研学环境。齐宣王在交通十分便利的临淄城"稷门"之外，给稷下先生们修建了"高门大屋"，如同一座座美轮美奂的宫殿；"高门大屋"的南侧是专供稷下先生集会辩论的广场；广场与高门大屋之间，一条"康庄大道"可以使稷下先生们十分便捷地乘车到达王宫面见齐王。

稷下先生在不但物质待遇优厚，政治地位也非常高。他们有"大夫"的名号，享有随时面见齐王的政治特权，不用上班，不用管具体的事务，但可以评论国事，向国君提出意见和建议。

用孟子的话说，就是"无官守，无言责"。由于不具体分管什么事情，因此他们发表意见就相对公正、客观；因为不必承担责任，所以说话就没有顾虑，能够直言不讳。他们著书立说，在书中论述历代治乱得失，希望以此引起国君的注意和器重，以求实现他们的政治抱负。

《战国策》中有很多稷下先生频繁面见齐王的记载。不但如此，齐王在与稷下先生相处时，往往视之为师友而非臣下，给予稷下先生足够的尊重；稷下先生也往往能够以师友的身份对齐王的不当行为进行毫不客气的批评和讽谏。例如齐宣王视孟子为师，在与孟子对话时恭恭敬敬。齐宣王曾被孟子说得非常尴尬，只好"顾左右而言他"；颜斶对齐宣王大谈"士贵王不贵"；王斗批评齐宣王是"乱君"，等等，都是稷下先生讽谏齐宣王的典型事例。

3. 稷下师生的规矩

《孟子·滕文公》记载说："夏曰校，殷曰序，周曰庠。"校、序、庠均指学校。就是说，早在夏商周三代时期，就已经有了官办学校，也有学者将"校""序""庠"称为古代的官办大学。春秋时期，孔子开启了私人教学的先河；战国时期，私人教学更加普遍，成为学术传承的主要方式。有志于学的年轻人如果想在学业上有所突破，就必须拜某位学者为师，跟随老师一同生活学习。

齐国的稷下是当时大学者的聚集地，由于稷下先生弟子众多，普通的民宅根本无法满足稷下师生日常生活和教学活动的需要，因此齐宣王为稷下先生们兴建了"高门大屋"，作为稷下先生及其弟子的起居、教学场所。为了方便开展教学活动，稷下先生还为弟子们制定了"学生行为守则"，那就是中国教育史上著名的《弟子职》。

《弟子职》被收录在《管子》一书中，有学者认为这实际上是"稷下学宫"的"学则"。《弟子职》所规定的"弟子"的行为准则全面而且具体，举凡作息安排、课堂纪律、课堂礼仪，甚至是如何服侍先生的一些细节，都十分具体明确。

按照《弟子职》的规定，弟子一天的学习生活应该是这样度过的：

清晨，弟子要早起洗手漱口，整理内务，然后服侍先生起床洗漱。

先生讲课时，弟子要专心听讲，做到姿态端正、心无旁骛。首次诵读先生传授的文章时要起身站立，表示恭敬；听课时如有疑难，可以拱手提出问题；先生讲完一堂课要离开讲席时，学生们要起立恭送。

吃饭的时候，弟子要提前把饭菜摆放到先生的桌上，摆放时要恭敬地跪坐，并且饭食的摆放也很有讲究，丝毫不能错乱；弟子在进食的时候，也要有规矩；饭后，弟子要回到先生身边垂手站立，等候先生吩咐。

洒扫房屋也有规矩，要从西南的角落扫起，扫除时不要碰动其他东西，最后把垃圾聚在门槛处收拾干净。

到黄昏时候，弟子就要准备好柴束，及时点燃；拿火把的弟子累了，就要由另一位弟子及时接替。轮换接替的时候，不能背对先生；等晚上的学习时间结束后，弟子要把灰烬和废柴收拾起来，到外边把它倒掉。

一天的课堂学习结束后，弟子要服侍先生休息。弟子要询问先生睡觉的时候，脚朝哪个方向，然后恭敬地为先生整理好床铺枕头；等先生睡下以后，弟子们还要聚在一起复习一天的功课，相互探讨解答，增进各自的学问，这样才算过完稷下弟子的一天。

《弟子职》最后还特别强调，上述规矩要求，弟子应该周而复始地坚持下去。

《弟子职》全篇都在讲弟子对先生所尽的义务，对弟子的要求严格到近乎苛刻的程度。以今天的眼光来看，稷下弟子对先生的服侍几乎是奴仆式的，存在严重的人格不对等性，给人一种"先生无偿剥削弟子"的错觉。事实上，稷下师生的真实经济关系是：稷下先生用他们的俸禄和房屋来供养弟子。例如，齐宣王为了挽留即将离开齐国的孟子，为他开出了"我欲中国而授孟子室，养弟子以万钟"的条件，这说明，稷下先生既要向弟子传道、授业、解惑，又要用自己的俸禄养活他们；作为情感和行为上的回报，弟子在日常生活中处处对先生表示敬意，处处服侍先生，也就合情合理了。

4. 淳于髡的"酒文化"

齐威王八年（前349）的一天清晨，齐威王接到紧急军情：

楚国大军压境，即将攻打齐国的南部边境！

　　齐国君臣认为，楚军倾巢而来，单凭齐国军队未必能抵挡得住，最好请求赵国援军共同抗楚。派谁去赵国求援呢？齐威王想到了博学多才、机智善辩的稷下先生淳于髡。

　　于是，齐威王召见淳于髡，对他说："淳于先生，寡人素知你能言善辩、机敏过人，出使赵国一事非你莫属，希望你不要推辞。"

　　淳于髡拱手答道："愿为大王分忧。只是此去赵国请兵，如果不给赵国送点厚礼，只靠我一张嘴恐怕难以奏效！"

　　齐威王说："那寡人就送给赵国黄金一百斤，车马十驾！"

　　淳于髡一听，仰天大笑，笑得系到脖子上的帽缨都断了。齐威王不解，便问道："先生是不是觉得礼物太少了？"

　　淳于髡止住笑，回答说："今天我从东边过来的时候，看见路边有个为庄稼丰收而祭祀土地的人，他准备了一只猪蹄和一壶酒作为祭品，祷告

淳于髡画像

说：'使我高地上收获的谷物盛满篝笼，低田里收获的庄稼装满马车，五谷繁茂丰收，米粮堆积满仓。'我看他的祭品那么少，祈求的东西却那么多，所以取笑他。"

　　齐威王听完哈哈大笑，于是很爽快地把礼物增加到原来的十倍，让淳于髡带着黄金一千镒、白色玉璧十对、马车一百辆

出使赵国。

很快，淳于髡便从赵国请到了精兵十万、战车千辆，楚军得到这个消息后，连夜撤兵，齐国的危机得以解除。

齐威王非常高兴，特意在后宫为淳于髡摆下庆功酒宴。觥筹交错、酒酣耳热之际，齐威王问淳于髡："先生喝多少酒才会醉？"

淳于髡说："我喝一斗酒也醉，喝一石（十斗为一石）也醉。"

齐威王不解，又问："既然喝一斗就醉了，怎么还能喝一石呢？其中的说法，我能听听吗？"

淳于髡一本正经地说道："举例来说，大王您要是在正式场合请我喝酒，这时候，执法的官员站在我旁边，负责监察的御史站在我后面，我这个当臣下的心里害怕，就只能低着头喝酒，这样用不了一斗酒我就醉了；如果我父母有贵客来访，我这个当晚辈的，只能卷起袖子，躬身长跪，伺候他们喝酒，他们时不时地把剩余的酒赐给我，我也得时不时地起身捧着杯子上前敬酒，这样喝不到两斗我就醉了；如果是好朋友久别重逢，兴奋地谈论往事，倾吐私情，这样我能喝到五六斗酒才醉；如果是乡里有集会，男男女女混杂坐在一起，慢慢地喝，又有六博、投壶的游戏助兴，互相招呼，平辈论交，摸了妇女的手不受责罚，眼睛直勾勾地盯着她们也不被禁止，前后都是妇女掉下的耳环簪子，这种场面让我兴奋激动，酒要喝到八斗才有两三分醉意；等到日落西山，酒宴快要结束，大家挨着坐在一起，男女同席，鞋子互相错杂，杯盘纵横散乱。堂上的蜡烛要点完了，主人留下我，把客人都送走，只留下陪酒的女子，那女子解开衣襟，我能微微闻到她的体香。这种情况，我最兴奋了，那就能喝一石酒。我看大王今天把我召来后宫，肯定是想让我和您没大没小地一起嬉闹，再找后宫女子陪我喝酒吧？如果是这样的话，我心中高兴，能喝一石！"

淳于髡不急不慢地讲着，齐威王却越听越感觉不对头，面露尴尬之色。淳于髡于是正襟危坐，对齐威王说："俗话说酒极则乱，乐极则悲，万事尽然。凡事一旦过度，就会坏事。"

齐威王知道淳于髡这是在借酒讽谏，从此改掉了彻夜饮酒的坏习惯，并任命淳于髡做接待诸侯的主客。每逢有宴请客人的酒宴，齐威王通常会邀请淳于髡一起参加。有淳于髡在座，齐威王饮酒就会适可而止。

5. 淳于髡一日荐七人

临淄王宫内，一位五短身材，其貌不扬的稷下先生要求面见齐宣王，此人正是资历最老的稷下先生淳于髡。

淳于髡出身低贱，是"齐之赘婿"，但是他很有学问，机智善辩，在齐威王时期就屡立大功，深受齐威王器重。齐宣王即位后，十分敬重这位稷下元老的学问和能力，准许他可以随时入宫推荐人才。

"大王，我又为您找到一位人才！"齐宣王未见其人便闻其声，不禁皱起了眉头，心想："这已经是今天的第七次了，让你推荐人才也不能这个推荐法啊！再说哪有这么多人才？"

齐宣王对淳于髡说："淳于先生，您为寡人举荐人才还真是不遗余力呢，只是寡人有一事不明，想请教先生。"

"大王请讲。"淳于髡答道。

齐宣王说道："我听说，如果每方圆千里能出一个人才的话，那天下人才就多到比肩而立的程度；如果每一百代人里能出一个圣人的话，那么自古至今的圣人就会随踵而至。如今淳于先生您在一天之内竟然向我推荐了七位人才，这人才是不是太多了点儿？"

淳于髡回答说："大王，您说得不对。飞鸟中有相同翅膀的会聚居，走兽中有相同脚掌的会一起行走。如果想要在沼泽地里寻找柴胡和桔梗，那几辈子也找不到一颗；但如果是到了皋黍、梁父这两座山的北边一带，柴胡和桔梗就得用最大的马车来拉了。所以说，每一种事物都有它们的同类，如今我淳于髡就是贤者的同类。大王您要从我淳于髡这里寻找贤才，就好比是从河流里取水、从燧木里取火一样容易。我还要继续向您推荐贤才呢，岂止是七人而已！"

淳于髡用"物以类聚，人以群分"的道理和各种巧妙的比喻来解释自己"一日荐七人"的合理性，虽然也能自圆其说，但毕竟有些牵强。这种依靠个人的主观判断来举荐选拔人才的方法，并不是长久之计。只有建立客观的、可衡量的人才选拔标准，健全人才举荐、选拔制度，才能长期有效地选出真正的人才。

6. 孟子与告子论人性

孟子鼓励齐宣王施行仁政有一个理论前提,就是"性善论"。在孟子看来,人能够培养出"仁义礼智"等美好德行,完全是因为"人性"中已经包含了可以生出这些美好德行的向善之心。在孟子看来,人人都有天生的向善之心,因此人人都有可能成为尧舜那样的圣人,向善之心正是人类区别于禽兽的本质。孟子正是靠着"性善论"来鼓励齐宣王施行仁政。

可是,稷下有位叫告子的学者却提出了"性无善无不善"的观点。他认为,"人性"是指人天生就具有的属性,例如"食色"等生理欲望都属于"人性",这是人天生就有的,无所谓善恶。孟子认为,这种观点会为人们纵情于生理欲望而不顾礼义廉耻找到理论依据。为了消除"性无善无不善"的影响,孟子决定与告子围绕"人性"问题进行一场公开的辩论。

告子先举例说:"人性,就像杞柳一样;仁义,就像用杞柳做成的杯盘一样。把人性当作仁义,就像把杞柳当作杯盘。"

告子的意思是,人性是天然之性,而善是后天形成的,不能把天然的东西当成后天形成的东西。

孟子反驳说:"你用杞柳做成木制杯盘的时候,是顺着树的自然本性呢,还是逆着来?如果要靠伤害杞柳的自然本性才能做杯盘,那么你也要靠伤害人的自然本性才能形成仁义吗?让天下之人去戕害仁义的,一定是你的这种言论!"

告子见以杞柳做比喻没有把问题讲明白,又换了个比喻,说："人性就像急流之水，从东边决个口子，水便向东方流淌；从西边决个口子，水便向西方流淌。人性无所谓善与不善，就像水无所谓向东向西一样。"

孟子说："水的确无所谓向东流、向西流，但是，也无所谓向上流、向下流吗？人性向善，就像水往低处流一样。人性没有不善良的，就像水没有不向低处流的。当然，水受到激打而飞溅起来，就能高过额头；施加外力迫使它逆流，就能流到山上。这难道是水的本性吗？是外力迫使它这样的。可以迫使人不善，其本性的改变就像水这样。"

告子用水做比喻说事，孟子也拿水做比喻，说明人本性是善良的，后来变坏是由于外部环境导致的，并非人的本性就是恶的。

告子觉得应该对"性"的概念做一个界定，于是说道："生之谓性。"意思是：天生的东西叫作"性"。孟子则问道："你说天生的东西叫作性，那么白色都叫作白吗？"

告子回答说："是。"

孟子又问："白羽毛的白和白雪的白，是一样的吗？白雪的白和白玉的白，是一样的吗？"

告子回答说："是。"

孟子继续问道："那么，狗性和牛性是一样的吗？牛性和人性是一样的吗？"

这一问，告子不好接茬，只好说："食色，性也。"

孟子与告子关于人性的辩论还有一些，孟子的学生公都子也提出人性问题来和孟子讨论，限于篇幅，在此我们不再一一介绍。仔细分析，我们会发现，告子与孟子所用的比喻，设喻并不恰当。比如水的流向，与人性向善还是向恶，并无逻辑关系。孟子认为"人性之善也，犹水之就下也"，将水向下流比喻成人性向善，其实换成"人性之恶也，犹水之就下也"，也同样成立。其实，人之堕落"犹水之就下"，是很容易的；使人向善，倒是犹如使水流向上，并不容易。

孟子与告子关于人性的争论，使孟子成为"性善论"的代表人物。而人性到底是"本善"还是"本恶"，是"本无善恶"还是"善恶混"，历来聚讼纷纭，学者们莫衷一是。汉代以后，告子的人性"本无善恶"论、荀子的"性恶"论以及世子的"善恶混"论，逐渐被人们忽视，孟子的"性善论"则占了上风。

7. 孟子在齐国的际遇

齐国西南边境上，一队马车承载着孟子和他的弟子们浩浩荡荡地向齐都临淄城方向前进，这已经是孟子第二次到齐国了。

上一次的齐国之行，孟子没能说服如日中天的齐威王推行仁政，只好继续游历他国。临走前，齐威王赠给他一百镒黄金，但他本着无功不受禄的

孟子画像

原则没有接受。此次再入齐国，孟子的学问与声望更胜往昔，已是天下一等一的大学者。他的到来让刚即位的齐宣王喜出望外，把他视为自己的老师，经常请教学习。

齐宣王非常喜欢打猎，拥有一所方圆四十里的狩猎场，但他仍然觉得猎场太小了，想扩大猎场的规模，于是问孟子："夫子，我听说周文王的狩猎场足足有方圆七十里，有这回事吗？"

孟子一瞧齐宣王的神情就明白了他要干什么，也不点破，顺着他的话回答道："书上确实有这个记载。"

齐宣王又问："那这个猎场是不是太大了呢？"

孟子回答说："百姓却认为它太小了。"

齐宣王一听来了精神，又问道："我的猎场只有方圆四十里大小，为什么百姓们会觉得它大呢？"

孟子会心一笑，答道："这是因为，虽然周文王的猎场足有方圆七十里大，但百姓可以进去割草打柴，捉鸟捕兽，百姓当然会觉得猎场太小；您的猎场虽然比文王的小，可您是怎么做的呢？我刚来齐国的时候就听说您严禁百姓在您的猎场里捕杀动物，百姓杀头麋鹿就要治罪，那这方圆四十里的地方对百姓而言就是个巨大的陷阱，他们认为它太大，不应该吗？"

齐宣王无言以对，只好松弛了禁令，也不再图谋扩大猎场。

有一次，孟子听说齐国某地出现饥荒，而齐宣王却一门心思地吃喝玩乐，于是对齐宣王说："大王，如果您有一个臣子，把他的妻子儿女托付给朋友照顾，自己到楚国去办事，等到他回来的时候，发现自己的妻子儿女在挨饿受冻，他对那个朋友该怎么办？"

齐宣王回答说："和他绝交！"

孟子又问："如果官长不能治理他的下属，该怎么办？"

齐宣王回答说："撤职查办！"

孟子又问："如果一个国家治理不好，应该怎么办呢？"

按齐宣王回答的逻辑，国家治理不好，那么国王应该退位让贤。齐宣王这才明白掉进了孟子的语言陷阱，无言以对，只好"顾左右而言他"。

齐宣王五年（前315），齐国伐燕，孟子本希望齐宣王能在燕国施行仁政，但齐宣王并未听从他的建议。孟子对齐宣王的行为一次又一次地感到失望，终于下定决心离开齐国。他带着弟子们一路走到齐国边境的昼地（战国时齐邑，地望不详），停下来歇息，仍期待齐宣王将他召回，但最终还是失望了。

三天后，孟子离开昼地，踏上回乡之途，结束了他在齐国的生涯。

8. 淳于髡隐语说孟子

齐宣王八年（前313）秋，在齐国边境昼邑的驿馆，已在此留宿三日的孟子迎来了一位贵客——齐国稷下先生淳于髡。

淳于髡善用"隐语"，曾用"隐语"劝谏过齐威王，也曾用"隐语"考察过邹忌的施政才能，这次他想用同样的方式劝孟子继续留在齐国。

孟子之所以要离开齐国，是因为齐宣王放弃了仁政王道，令孟子非常失望。他之所以留在昼邑三天不离齐境，是因为他还对齐宣王抱有希望，希望齐宣王回心转意，召他回去帮助齐国施行仁政。淳于髡的到来，意味着齐宣王有挽留他的意思。因此，孟子对淳于髡十分客气，把他迎到驿馆内详谈。

淳于髡有话不直说，与孟子说起了"隐语"。他问孟子："一男一女在传递物件的时候，不能有肌肤接触，这是礼吧？"

孟子回答说："这当然是礼啦！"

淳于髡又问："如果嫂子溺水了，小叔子应该用手把她拉上来吗？"

孟子回答说："嫂子溺水如果不救，那这小叔子就是豺狼！男女不能有肌肤接触，那是在正常情况下的礼；嫂子溺水是人命关天的大事，小叔子用手去救是权宜之计。"

淳于髡又问："既然如此，现在整个天下都溺水了，您却不愿伸出您的援手，这是为什么呢？"淳于髡的意思是，孟子此时离开齐国，就是置天下于不顾，就跟小叔子固守死理而不愿伸出援手去救溺水的嫂子一样。淳于髡用孟子最看重的"仁""礼"和"天下"来讽谏他，就是想让他明白：不要太执着于"王道"还是"霸道"，先把人救上来再说！

孟子的回答是："天下沉沦，要用道义去拯救；嫂子溺水，要用手去救。您难道想手援天下吗？"

孟子的意思是，嫂子溺水与天下沉沦并不是一回事，两者之间并没有逻辑关系。嫂子溺水可以用手去拉，天下沉沦难道也可以用手去救吗？

淳于髡见用"隐语"说不过孟子，仍想为留住孟子而做最后的努力，便直言不讳地说："把功成名就看作头等大事的人看似功利，其实是为了造福百姓；轻易放弃功成名就机会的人看似清高，其实只是为了自己着想。如今您既没有上报君王，又没有惠及百姓，您就想要离开齐国，仁人君子原来是这样的吗？"

孟子见齐宣王派淳于髡前来，并不想让孟子回去帮助齐国施行仁政，而是想让淳于髡改变他的政见，不禁非常失望，于是回答说："孔子任鲁国司寇的最后那段时间，已经不被重用，无法发挥才能了。有一次他跟随国君去祭祀，祭肉却不见送来，便匆忙离开。不了解孔子的人以为他是为了祭肉，了解他的人明白他是为了鲁国失礼而离开。孔子其实只是想找个小借口离开，不愿无缘无故地偷偷离开。君子的所作所为，普通人原本就是难以理解的。如今我离开齐国，有人认为我是因为意见不被齐王采纳、不被重视才离开，其实我受不受尊重有什么关系呢？只要仁政王道能够通行天下就够了。当年我千里迢迢来到齐国就是为了这个目的，如今我愿意留在此地三天，不就是希望齐王能幡然醒悟吗？如今齐王仍然不愿施行王道仁政，我再留在齐国也就毫无意义了。"

淳于髡知道孟子去意已决，便不再强留，送孟子离开了齐国。

9. 驺衍"谈天"

齐宣王十二年（前309），燕国都城蓟城（在今北京市）南郊，即位仅两年的燕昭王正率领群臣在等待一位贵客的到来。

来者是齐国的稷下先生驺（一作"邹"）衍，燕昭王手持扫帚做扫地状，在前面为驺衍带路，将其引至一座富丽堂皇的大型宫殿面前。燕昭王对驺衍说："久闻先生大名，得知您要来燕国，弟子特意命人为您建此碣石宫，愿您长居此宫，时时教导弟子！"

驺衍在燕国受到如此礼遇，并非个例。他到魏国的时候，魏惠王亲自到城郊去迎接他；他到赵国的时候，大名鼎鼎的平原君（即赵国公子赵胜，时任赵相）也是亲自迎接，侧身而行，并用自己的衣袖为他拂扫座席以示尊崇。

驺衍为什么这么受诸侯的重视和礼遇呢？

驺衍是齐国人，是著名的稷下先生，也是战国时期阴阳家的代表人物、五行学说创始人。他目睹各国统治者越来越奢侈放纵，不能崇尚德义，认为如果用大道理去劝说的话，肯定是没有效果的。所以他就另辟蹊径，创造出一套充满神秘色彩的学说，来吸引统治者的眼球。果然，他的理论一出，顿时令人们耳目一新，惊为天人，所到之处，圈粉无数。

驺衍仔细研究阴阳二气的增长消减规律，创造出一些有关阴阳五行的怪异学说，写出《终始》《大圣》等十余万字的著作。他最著名的理论有两个：一个是"五德终始"说，一个是"大九州"说。

"五德终始"说认为自开天辟地以来，"土木金火水"五行之气按照"相胜"的关系循环主宰世间，历代王朝之所以能够确立统治，就是因为他们都顺应了五行之中的某一气，获得了相应的"德"。他举例说，虞舜获得了"土德"，而木胜土，所以夏禹获得了"木德"；
金胜木，所以殷商获得
了"金德"；火胜金，
所以周获得了"火德"；
水胜火，所以他认为取
代周王朝的朝代必然获
得"水德"。后来秦始
皇就采用了这个说法，
声称秦朝获得了"水德"，
所以才能顺应天意取代周王朝。

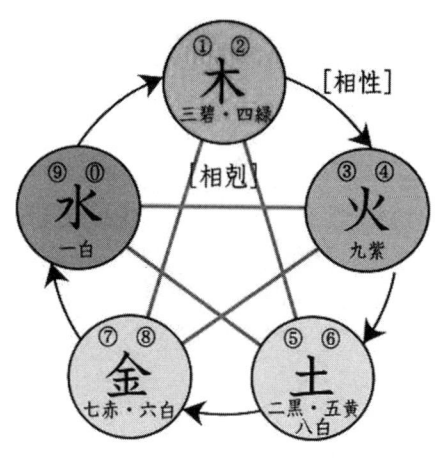

五行相生相克图

　　"大九州"说认为当时学者们所说的"中国"并不是"天下"的全部，而仅仅占"天下"的八十一分之一。大禹所勘定的"九州"只是"中国"内部的"小九州"，不是"大九州"。"大九州"由九个像"中国"这种级别的地块组成，"中国"叫作"赤县神州"，只是"大九州"的九分之一，并且"大九州"也不是"天下"的全部，"天下"是由九个"大九州"级别的地块组成的，每一个"大九州"内部的州与州之间被较小的海洋隔绝，"大九州"之间被较大的海洋隔绝，而九个"大九州"之外还有更广阔的海洋环绕其外，那才是天地的尽头。

　　驺衍的理论特点是：格局宏大，天马行空，以至于无法验证。他的理论总是先从人们司空见惯的小事物上加以分析，然后再扩大应用范围，最后一直扩大到宇宙的尽头；或者在总结历代盛衰的时候抛出他的阴阳灾异理论，然后再把他的理论推广到天地未生之时；又或者是先列举中国的名山大川、奇珍异兽、奇花异草，然后列举一些人们见不到的事物。

他的理论宏大丰富但无法验证，因此人们给他起了个外号，叫作"谈天衍"。司马迁说他"闳大不经"，批评他的学说不着边际，没有根据。当然，驺衍并不是为了谈天而谈天，其理论的最终落脚点仍然是劝诫统治者实施仁政。

驺衍为了劝勉统治者施行仁政，走了一条"曲线救国"的道路：先用"谈天"的方式投合他们的喜好，然后再把他们引上正途。只是从结果来看，"曲线救国"并没有获得太大的成功。正如司马迁所说的那样，王公大人们虽然一开始往往被驺衍的神秘理论镇住，但时间一长就故态复萌，最终不能将仁政德治坚持下去。而驺衍建立在阴阳五行学说基础上的"五德终始"说，则成为之后历代王朝阐释其政权合法性的基本理论框架，直到宋金以后才逐渐被人们抛弃。

10. 田骈的"天口"

除了"谈天"的驺衍以外，在稷下先生中，还有一位外号与"天"有关的学者——田骈。田骈是齐国人，擅长高谈阔论，他讲论的内容很抽象，都是一些"道术""万物""贵齐"之类的宏大命题，风格与"尽言天事"的驺衍很相似，因此人们也给他起了个外号，叫作"天口骈"，形容他的嘴像是长在天上一样，说起话来玄之又玄，高深莫测。

有一次，田骈给齐王讲"道术"，劝说齐王顺应"天道人心"来进行统治，可是齐王听得很不耐烦，对田骈说："我拥有的是齐国。道术虽然很好，很高明，但是它不能为我免除齐国的祸患，我想听你谈谈齐国的政事。"

田骈回答说："我虽然没有直接谈及政事，但都是可以让您做好政事的规律和原则，这就好比森林不是木材，却可以生产出木材一样。希望大王好好考察思索我刚才说的话，可以从中得到处理齐国政事的方法。齐国的政事就好比是木材，木材不如森林根本，森林不如雨水根本，雨水不如阴阳二气根本，阴阳二气不如阴阳调和之气根本，阴阳调和之气又不如'道'根本。与'道'相比，齐国的政事又算得了什么呢？"

齐王虽然还是不明白田骈在说什么，但感觉田骈所说的话很厉害，只好点头称是，只是仍然不知道如何去施行田骈所说的"道术"。

连齐王都点头称是了，田骈在齐国名声大噪，每天慕名拜访他的人有很多。田骈虽然以君子自居，但他毕竟是享受优厚待遇的稷下先生，客观上有言行不一之嫌，因此当他宣称自己"不做官，只做事"的时候，有些较真的人就看不惯了。

一个齐国人去见田骈，对他说："听说先生您擅长高谈阔论，对外宣称自己不愿意做官，只愿意为天下苍生服务，是真的吗？"

田骈问："你这是从哪里听说的？"

齐国人回答说："我是从我邻居家的女儿那里听说的。"

田骈问："这话怎么讲？"

这人回答说："我邻居家的女儿，对外宣称自己不愿意嫁人，但她三十岁的时候却已经生了七个孩子。她不嫁人归不嫁

115

人，但实际上比嫁人的女子接触的男人更多。如今先生您也是对外宣称不做官，可实际上您一年的俸禄高达千钟，有一百多位弟子为您服务，您确实是没做官，但您比做官的还富有！"

这个齐国人言下之意很明显，就是讽刺田骈得了丰厚的利益，却想获得淡泊名利的好名声。田骈听完十分惭愧，只好承认了自己的错误。那人走后，田骈进宫面见齐王，主动要求降低自己的俸禄。从此以后，田骈再也不提"不做官"之类的自我标榜之语。

后来，一位叫唐子的人在齐湣王面前毁谤田骈，教唆齐湣王杀掉田骈。田骈心灰意冷之下，只好带着他的徒弟们逃往薛邑投奔孟尝君。田骈到薛邑后，孟尝君用锦衣玉食供养他。有一天，孟尝君问田骈："您生在齐国，长在齐国，一定还对齐国有所思念吧？"

田骈回答说："我想念那个叫唐子的人。"

孟尝君说："唐子不就是说你坏话的那个人吗？你为什么要想念他呢？"

田骈回答说："我在齐国最后的那些日子，吃的是糙米饭，喝的是野菜羹，冬天挨饿，夏天受热。自从唐子说我坏话以后，我投奔到您的门下，吃的是细粮肉食，穿的是轻暖衣服，乘的是牛车良马。就凭这些，我就忘不掉这个唐子。"

不久，五国伐齐，齐湣王身死。消息传来，田骈一病不起，很快便离开了人世。

正如驺衍"谈天"最终却也没能把诸侯引向正途一样，田骈的"天口"即使更接地气，也无法劝说不想顺应"天道人心"，只想随心所欲的齐湣王，只能眼看着齐国国势败坏而徒唤奈何。

11. 王斗诤谏齐宣王

这天，齐宣王正在饮酒听竽，忽然谒者来报，说稷下先生王斗来访。随时入宫面见君王是齐宣王给予稷下先生的特权，齐宣王自然不能对王斗置之不理，于是派谒者到宫门那里带他进来。

可是，王斗却不进门，对谒者说："我要是跟你进去见大王，说明我王斗喜欢趋炎附势；如果大王出来迎接的话，说明大王礼贤下士。不知道大王要怎么选择呢？"

谒者赶紧回报齐宣王，齐宣王以明君自居，当然不想留下"不好士"的坏名声，于是起身，亲自去迎接王斗。

齐宣王恭恭敬敬地将王斗接进宫中，落座后，对王斗说："寡人自即位以来，就经常听说先生您直言正谏，不会有所避讳保留……"

未等齐宣王说完，王斗便打断他，说道："大王您听错了，我王斗生于乱世，事乱君，怎么敢直言正谏呢？"

齐宣王一听"生于乱世，事乱君"这句话，顿时气得变了脸色，碍于"明君"身份又不好当场发作，只好阴沉着脸默不作声。

见气氛有点尴尬，王斗便另起话题，说："当年齐国的先君桓公有五种喜好，所以才能够九合诸侯，一匡天下，受到周天子的册封，被立为诸侯霸主。如今大王您有桓公五种喜好中的四种！"

齐宣王一听王斗把自己与春秋首霸齐桓公相提并论，脸色遂多云转晴，忙故作谦虚地说："寡人愚昧浅陋，唯恐连齐国基业都守不住，怎么可能具有桓公的四种喜好呢？那您说说看，我有哪四种喜好？"

王斗说："桓公喜好名马，您也喜好名马；桓公喜好良犬，您也喜好良犬；桓公喜好美酒，您也喜好美酒；桓公喜好美色，您也喜好美色。"

齐宣王又问："我没有的那个桓公的喜好是什么？"

王斗说："桓公喜好士人，大王您却不喜好士人！"

齐桓公的五大爱好中，只有"好士"一项是优点，其余都是缺点。王斗说齐桓公的五大爱好，齐宣王占了四项，原来都是缺点。而齐桓公的唯一优点，齐宣王却不具备。齐宣王一听，当然很不高兴，于是争辩道："不是寡人不喜好士人，而是如今这世上根本没有真正杰出的士人，寡人到哪里去喜好士人呢？"

齐宣王画像

王斗说："世上虽然没有骐麟、骤耳这样的名马，拉您车驾的四匹马却也齐备；世上虽然没有东郭逡、卢氏这样的好狗，大王您的狗也不缺少；世上虽然没有毛嫱、西施这样的美女，大王您的后宫却已经满员了。大王您只是不喜好士人罢了，怎么能说没有士人呢？"

118

齐宣王又说：“寡人忧国爱民，当然愿意得到士人来帮助我治理国家，怎么能说我不喜好士人呢？”

王斗说：“大王，恕臣直言，您的忧国爱民之情，甚至不如您对一尺帽纱的喜爱！”

齐宣王问：“此话怎讲？”

王斗回答说：“大王您派人制作冠冕的时候，绝对不会让您身边的亲信宠臣去干这差事，而是要找专业的制帽工匠，这是为什么呢？因为只有专业的工匠才干得了这个差事。可是您治国理政的时候，除了您身边的亲信宠臣，不任用专业的治国理政人才，所以臣才说您忧国爱民的程度还比不上爱惜一尺帽纱！”

齐宣王沉默片刻，叹道：“寡人真是有罪于国家啊！”于是下令求贤纳士，选拔出五位士人，让他们担任重要官职，齐国内政逐渐好转，出现大治的局面。

王斗直言敢谏，当面骂齐宣王是“乱君”、齐国是“乱世”，而不用担心遭到齐宣王的惩处，一方面说明稷下先生在齐国极受尊崇，言无顾忌；一方面也说明齐宣王宽容大度，能够听得进逆耳之言，善于虚心纳谏，诚为难能可贵。

12. 荀子三任“祭酒”

齐襄王六年（前278）的某一天，被战火中断多年的稷下学宫终于迎来了重建的时刻。稷下广场上人头攒动，齐国群臣在相国田单的率领下，在观礼席依次就座。今天的主角并不是他们，而是以"稷下祭酒"身份担任此次稷下学宫重建仪式主持人的荀子。

所谓"祭酒"，就是宴饮时代表众人向天地神祇敬酒祭祀的人，后用作官职名，指某机构、某事项的主持者。"稷下祭酒"是稷下先生中最德高望重的人，是稷下学宫的学术领袖。

三通鼓过后，广场上的喧嚷声逐渐沉寂下来，只见荀子率领新晋的稷下先生们昂首缓步入场。他们身着宽袍，腰束玉带，神情庄严肃穆地走到各自的席位上，荀子则在前方居中的主席位坐定。

荀子画像

整个仪式在荀子的主持下，衔接紧密，礼数周到，赢得了齐国君臣、百姓以及稷下师生的高度赞扬。

新任稷下祭酒荀子，名况，赵国人，大约在齐湣王七年（前295）的时候，才从赵国来到齐国，那时他已经五十岁了。他以孔子的门徒自居，很快便引起齐湣王的注意，成为一名稷下先生。荀子向齐湣王进谏，劝其施行仁政，但狂妄骄纵的齐湣王根本听不进去，仍然一意孤行。荀子和其他稷下先生都预感到齐国将临灭顶之灾，只好离开齐国。果然，五国伐齐，齐湣王被杀，齐国几乎亡国，稷下学宫也被迫中断。齐国沦陷期间，荀子逃到了楚国，继续讲学收徒，著书立说。

五年之后，田单收复齐国，迎接齐襄王返回临淄，齐襄王于是再次招聚稷下先生，想恢复稷下学宫。荀子听说后，便带领弟子回到了齐国。荀子以为可以跟当年的稷下师友们再次探讨学术，哪知当年的稷下先生们，有的不知去向，有的已经过世，只有荀子一人回到了临淄。

　　齐襄王对荀子很敬重，任命他为"稷下祭酒"，但不接受荀子推行仁政的劝谏。荀子失望之余，也曾两度离开齐国，到秦国和赵国去推行自己的主张，可是秦王和赵王对仁政同样不感兴趣。荀子只好两次返回齐国稷下重新担任"祭酒"，也就有了《史记·孟子荀卿列传》中荀子"三为祭酒"的说法。

　　后来，有人向齐襄王进谗言，毁谤荀子，恰好楚国国相春申君黄歇慕名邀请荀子到楚国新占领的兰陵县（今山东省临沂市境内）担任县令，荀子便离开齐国，到楚国兰陵担任县令。令他意想不到的是，不久，春申君被门客李园所杀，李园窃取了楚国大权，荀子被牵连罢官。此后，荀子对政治心灰意冷，加上年事已高，便留在兰陵著书收徒，直到去世。

四

煌煌兵学

春秋战国时期，齐国涌现出众多杰出的兵学人物，产生了诸多优秀的兵学著作，形成了源远流长、独具特色的兵学体系，一度拥有"齐国兵学甲天下"的美誉。《武经七书》是北宋朝廷颁行的官方兵学经典，是中国古代第一部军事教科书集，七部兵学经典中，齐国兵学著作就占了三部（《六韬》《孙子兵法》《司马法》），由此亦可见齐国兵学在中国古代军事史上的重要地位。因此，我们将齐国兵学单独列为一大类，重点介绍司马穰苴、孙武、孙膑等久负盛名的兵学人物及其著作，为读者展现先秦齐国兵学的卓越智慧。

1. 培养出"帝王师"的《六韬》

　　公元前 218 年，秦帝国东海郡下邳县城（今属江苏徐州）的一座桥上，一个眉清目秀的年轻人正从容过桥。只见对面走来一个须发皆白的老头，老头走到年轻人身边，忽然将脚上的鞋子踢落到桥下，对年轻人说："小子，下去给我把鞋拾上来！"

　　年轻人不禁愕然，冲动之下，便想打老头一顿。但转念一想，老头这么老了，还是忍忍吧，于是便下桥替老头把鞋子取了上来。

不料老头把脚一伸，对年轻人说："给我穿上！"

面对老头的无礼，年轻人心想：反正已经把鞋子给他拿上来了，干脆好人做到底，给他穿上吧！于是便半跪着，给老头穿上了鞋。

老头这下满意了，笑了笑，连声"谢谢"也不说便扬长而去。年轻人呆立在桥上正纳闷呢，老头又折回来，对年轻人说："孺子可教矣。五天后一大早，你来这里见我。"

年轻人想知道这个奇怪的老头到底想干什么，便在五天后如约前来，只见老头已在桥上等候。老头生气地说："与老人相约，为什么迟到？五天后再来吧！"

五天后，年轻人半夜就动身前往，来到桥上，没过一会儿，就见老头从远处踏着月光走来。老头见到年轻人，高兴地说："这样就对了嘛！"然后从怀中掏出一卷书，交给年轻人，说："熟读此书，可以做帝王的老师了。十三年后，你在济北穀城山下见到一块黄石，那就是我了。"说罢，便掉头而去。

这个年轻人，就是后来西汉王朝的开国功臣张良，老头则被后人称作"黄石公"。老头留给张良的那卷书，题为《太公兵法》。张良如获至宝，带回家日夜研读，学成出山后，果然做了"帝王师"，辅佐汉高祖刘邦一统天下，爵封留侯，被誉为"汉初三杰"之一。

这部培养出"帝王师"的奇书，相传就是中国历史上的著名兵书《六韬》。《六韬》的别名有不少，除了《太公兵法》，还叫《太公六韬》《金版六弢》《周史六弢》《太公》等。"韬"与"弢"通假，意思是用兽皮制成的绘有图案的武器袋，引申为"隐藏"之意。

虽然《六韬》旧题"周文王师姜望撰",但是,宋代以来的学者们大多认为《六韬》是汉代以后的人托名姜太公而作的伪书。而1972年山东银雀山西汉墓葬出土的《六韬》竹简,以及次年河北定县40号汉墓出土的《太公》竹简,其部分内容与今本《六韬》的内容相吻合,这说明《六韬》的成书年代,至少可以提到战国时期。而《庄子·徐无鬼》将《金版六弢》与《诗》《书》《礼》《乐》这些儒学经典并列,可见在战国时期,《六韬》就已成为学者们必读的经典著作,其成书年代还要早些。

据《史记·齐太公世家》记载,周文王与姜太公致力于颠覆商王朝,"其事多兵权与奇计,故后世之言兵及周之阴权,皆宗太公为本谋"。姜太公与周文王、周武王的有关谈话,以及姜太公的一些计谋,肯定被周太史记录在案。一些重要的言论,甚至要铸成铜版留存后世。《六韬·武韬》就记载,周文王在听了姜太公的一段高论后,高兴地说:"善,请著之金板。"所以,《六韬》又被称为《金版六弢》。

我们可以据此推测,铸成金版的太公言论,后来被传抄出来,被人们整理成册,形成了《六韬》一书。可见,《六韬》虽不见得就是姜太公亲笔所写,但展现了姜太公的政治思想和军事谋略,是研究姜太公的重要史料。《六韬》的成书年代,应该是在西周时期。

《汉书·艺文志》在《周史六弢》之外,还著录有《太公》

二百三十七篇。班固注释道："太公是周武王的'师尚父'，本是有道之人，后人据此将许多文韬武略附会为太公的思想。"也就是说，那些托太公之名的兵学著作，既展现了太公的军事思想，也有后人夹带的私货，所以出现了各种版本的文字有异有同的现象。

《六韬》内容宏富，蕴含着丰富的治国和军事战略思想，涉及战争观、军队建设、战略战术、武器装备等很多方面，而且发出"天下非一人之天下，乃天下之天下也"（《六韬·文韬》）这样振聋发聩的名言。《六韬》作为与姜太公思想一脉相承的产物，是反映齐国兵学思想与治国理念的重要著作，对后世影响深远。

三国时期，刘备去世前留下遗诏，要求后主刘禅要阅读诸子著作以及《六韬》，说这些书可以使人增长智慧；诸葛亮更是将《六韬》手抄了一遍；孙权劝大将吕蒙和蒋钦读书，特别是要读《孙子兵法》《六韬》《左传》《国语》等，吕蒙学习了一段时间，果然大有进步，鲁肃与吕蒙交谈，惊叹道："士别三日，当刮目相看。"唐宋时期，唐肃宗追封姜太公为武成王；宋仁宗在武成王庙建立武学，姜太公被尊为兵家鼻祖；宋神宗年间，《六韬》被收入学子们武试必读的《武经七书》，成为公认的兵学经典。

世上已无姜太公，却有《六韬》传天下。《六韬》所展现了姜太公的雄韬伟略，对今人仍具有极高的学习参考价值。

2. 田穰苴立功封司马

春秋中期，晋国出兵攻打齐国的阿（今山东省东阿县）、鄄（今山东省菏泽市鄄城县北）一带，燕国进犯齐国黄河南岸，齐国的军队接连败退，急得齐景公寝食难安。

就在这时，晏婴推荐了田穰苴。田穰苴是田氏家族的支庶后裔，从前当过兵，做过小吏，一直默默无闻。见齐景公有些犹豫，晏婴进言道："此人虽为田氏庶子，但文能附众，武能威敌，您把他叫来一试便知。"

齐景公相信晏婴识人的眼光，就召见了田穰苴。经过交谈，齐景公见田穰苴精通兵法，见解不凡，便任命他为将军，率军抵抗晋、燕军队的入侵。

出征前，田穰苴考虑到自己原本出身微贱，骤然被提拔为将军，恐怕人微言轻，一时难以服众。于是，他向齐景公提出，希望派一位有威望的大臣做监军，帮自己在军中立威。齐景公允准，派出了宠臣庄贾任监军。田穰苴跟庄贾约定，明日正午时分在军营门口集合。

第二天，田穰苴提前来到军营，让士兵在门前摆好计时的木表和漏壶。庄贾一向骄横跋扈，仗着国君的宠信，根本没把田穰苴放在眼里。他荣升监军，亲朋好友为他设宴送行，一伙人喝得不亦乐乎，哪里还在意约定的时间。

过了正午，田穰苴见庄贾迟迟不来，便打翻木表，推倒漏壶，自己集合兵马，申明军纪。直到傍晚，庄贾才摇摇晃晃地下了马车，带着一身酒气走进军营。

田穰苴问他："监军为什么迟到？"庄贾醉眼斜睨，笑嘻嘻地说："几个老朋友听说我要去打仗，非要给我饯行，架不住他们盛情难却，多喝了几杯，耽误了，呵呵！"

田穰苴厉声说道："身为将领，从接受命令的那一刻起，就应当忘掉自己的家庭；来到军队申明号令后，就应该忘掉私人的交情；擂鼓进军、战况紧急的时刻，就应该忘掉自己的生命。如今敌军侵略边境，国内骚乱，战士们风餐露宿，国君寝食难安，齐国百姓的安危都维系在我们身上，危难关头，还讲什么送行！"不等庄贾反驳，他朝军法官问道："按照军法，不按时报到的将士该如何处置？"

军法官回答："当斩！"

一听要杀头，庄贾吓得酒醒了大半，连忙命人快马加鞭去给齐景公报信，请国君救他。田穰苴哪里给他求救的机会，没等报信的人回来，就已经让庄贾人头落地，示众三军。将士们无不震惊。

过了许久，齐景公的使者坐着马车直入军营，手持符节，传令让田穰苴赦免庄贾。田穰苴见状，不动声色地说："将在军中，君令有所不受。"又问军法官："军营重地，随意纵马，该如何处置？"

军法官又答："当斩！"

使者看到庄贾已被正法，又听说自己也要被杀头，顿时吓得魂飞天外，没了适才纵马驰骋军营的嚣张气焰。

军法如山，不能不从。不过对齐景公派来的使者，田穰苴

位于淄博市临淄区齐都镇尹家村南的田穰苴墓碑

知道留有余地。于是，他下令杀了驾车的车夫和左边的一匹马，砍掉马车左边的一根木头，作为替代，传示三军。两番处置下来，将士们军纪肃然，无不服从田穰苴的号令。

田穰苴治军，不仅懂得阵前立威，而且体恤爱护士兵，赢得了全军的信任和拥戴。在行军途中，他与士兵们同吃同住，对饮食住宿、治疗伤员这些小事都要亲自过问，还把自己的食物拿出来与士兵分享。他下令统计出体弱、生病的士兵，重新整顿军队，三日后准备出战。可那些病弱的士兵都不肯休息，争先恐后地请求上阵杀敌，全军上下士气高昂。

齐军士气正盛，消息传到了晋、燕军队那里，晋军不敢恋战，自动撤兵，燕军也撤回到黄河北岸。趁燕军渡河后出现分散懈怠的现象，田穰苴抓住机会，下令追击，一举收复失地，班师回国。

田穰苴凭借高超的军事才能立下战功，受到齐景公的推崇和敬重，官封大司马，从一介平民做到齐国最高军事长官，后世尊称他为司马穰苴。

3. 从司马穰苴到《司马法》

《司马法》是先秦齐国兵书中具有重要地位的代表作。这部流传至今残存五篇，仅三千余字的军事著作，论思想和影响力，虽不及后来的《孙子兵法》，但其成书过程和背后的故事，却彰显着它的独一无二。

谈及《司马法》，必然绕不开一个人，那就是田穰苴。田穰苴官至大司马，因此，后人又称之为司马穰苴。人生中辉煌的顶点一旦过去，以后的故事就会急转直下。田穰苴受到重用，连带田氏一族在齐国的地位也日益显贵，引起鲍氏、高氏、国氏这些的世家大族的忌妒。为了削弱田氏，大夫鲍氏和高昭子、国惠子中伤、诬陷田穰苴，致使齐景公听信谗言，罢免了他的官职。田穰苴无端被黜，很快抑郁成疾，一代军事天才在病中黯然离世。

田穰苴的生命虽然终结，但人们并没有忘记他。战国时期，齐威王对田穰苴十分推崇，率军打仗时常用其用兵之法，声威大震，引得各国诸侯都来齐国朝拜。为了让田穰苴的兵法保存下来，齐威王让大夫们追论古代司马兵法，并把田穰苴的用兵之法也加入其中，号称《司马穰苴兵法》。

由此可见，《司马法》不只是司马穰苴一人军事思想的记录，还是在他之前历代司马兵法的结晶。今本《司马法》虽然成书于战国时期，却并非一时之作，而是经历了久远的传承。

司马是古代掌管军事的职官名称，古代《司马法》相当于当时官方军事文献的统称，内容既包括用兵作战之法，又涵盖国家军事制度和条例。司马迁曾盛赞《司马法》"闳廓深远"，即使夏、商、周三代的战争，也不能穷尽其中的奥义。在他看来，《司马法》自古就存在，历经田穰苴等杰出军事家的传承创新，才使之能够运用于当时的军事作战中。田穰苴虽然只是带领一支诸侯国的军队打了一场小仗，却对古代司马兵法有着透彻的理解和实战运用，并有自己的军事理论传世。齐威王令人将田穰苴的军事思想汇编到古《司马法》中，因此，田穰苴也是《司马法》的作者之一，对《司马法》的成书功不可没。

《司马法》所蕴含的军事制度以及用兵作战之法，受到后世人们的重视。东汉时，荀悦曾作《申鉴》五篇，参考西汉武帝的旧例，建议汉献帝设置武官，学习《司马法》。唐太宗曾问将军李靖："人人都说《司马法》是司马穰苴所述，是真是假？"可见唐代时就有很多人以为《司马法》为司马穰苴所作。北宋神宗元丰年间，《司马法》被列入《武经七书》，作为官方军事教材。

与《孙子兵法》所体现的军事原则和战争方法不同的是，《司马法》的意义在于保存了西周至春秋时期的军法制度。《司马法》是齐国历史上一部承上启下的重要军事著作，它在继承西周和春秋军事古制的基础上，糅合当时齐国的军事特点，开启了后来齐国以孙武、孙膑为代表的新型军事思想。不仅如此，

《司马法》中的名言"国虽大，好战必亡；天下虽安，忘战必危"，今天仍经常被人们引用；其"以仁为本""以战止战"的战争观，依然启示着当今世界。

4. 孙武潜心著兵法

春秋后期，在吴国重臣伍子胥的府中，从齐国逃到这里的孙武正在专心致志地著书，连伍子胥走进来都未发觉。

"先生的书快写完了吧？"伍子胥问道。

孙武闻言，连忙施礼，答道："已经写了十三篇，今天就能完工了。"

伍子胥本是楚国人，跑到吴国后，帮助公子阖闾夺得王位，成为吴王阖闾的心腹重臣。孙武本是齐国田氏族人，他的远祖田书因功被赐姓孙氏。后来，齐国发生内乱，田氏、鲍氏、国氏、高氏等几大家族互相攻伐，孙武为了避祸来到吴国，投靠到伍子胥门下。

伍子胥与孙武一席谈，发现孙武满腹韬略，极为佩服，便请求孙武将其兵学思想写成著作，一来可以方便自己时时研读，二来可以作为晋见吴王阖闾的见面礼。

在伍子胥的引荐下，吴王阖闾召见孙武，孙武献上

孙武画像

了他刚刚完成的兵法十三篇。

阖闾读罢，不由击节称赏。为了检验孙武的实际带兵能力，阖闾让他训练宫女，并拜之为将军。后来，孙武与伍子胥率领吴军西破强楚，先后赢得了豫章、柏举之战的胜利，并一举攻入楚国都城郢都，继而北威齐晋，南服越国，名显诸侯。战国时期的军事家尉缭子曾感叹道："孙武统领三万兵马，就可以天下无敌了！"

阖闾去世后，太子夫差即位，逼迫伍子胥自杀，孙武也不知所终。一代军神，可谓"神龙见首不见尾"。孙武虽然从此便在历史上消失了，但他留下的兵法十三篇却广为流传，成为具有强大生命力的兵学圣典——《孙子兵法》。

《孙子兵法》是中国古代影响最大的军事著作，其内容之丰富，思想之深邃，被历代兵家视为圭臬。魏武帝曹操对《孙子兵法》推崇备至，亲自为其作注；北宋元丰年间，宋神宗下诏颁行《武经七书》作为官方军事教材，《孙子兵法》就名列其中；《孙子兵法》还被翻译成多国文字，传到海外，日本古代兵法如《甲阳军鉴》《信玄全集》，主要思想都出自《孙子兵法》；据传拿破仑曾批阅过《孙子兵法》，美国的西点军校则将其列为教学参考书目。时至今日，《孙子兵法》依然能在战争类书籍中长期居于销量榜首，在国外的名气甚至超过中国的"四大名著"。

《孙子兵法》虽然只有六千余字，但内容宏富，逻辑严谨，语言简练，善用比喻，名言警句比比皆是。如开篇即言："兵者，国之大事，死生之地，存亡之道，不可不察也。"战争是关系到国家命运的大事，一定要慎重对待。如果不得已走向了战争，那么谋略就显得非常重要。对此，《孙子兵法》提出了"知彼知己，百战不殆""兵无常势，水无常形""奇正相生"等一系列精辟见解，特别是"不战而屈人之兵，善之善者也"的思想，被誉为战争的最高境界。《孙子兵法》所蕴含的高超智慧和丰富的辩证思想，不仅对军事方面，还对政治、经济、文化、哲学、管理等领域，都具有极高的学习、参考价值。

5. 孙武练兵斩娇娥

吴国宫中的训练场上，鼓声阵阵。两队士兵身披甲胄，手持兵器，严阵以待。只见号令之下，士兵们令行禁止，动作整齐如一。近前一看，这支纪律严明的队伍竟是一支"娘子军"，士兵们个个粉面红妆。她们都是吴国宫女，有的还是吴王宠姬。训练她们的，是来自齐国的孙武。

吴王阖闾读了孙武所著的兵法十三篇后，便想开个玩笑，找来一百八十名宫女让孙武操演，想看看孙武是不是只会纸上谈兵。

不一会儿，一群宫女改换成士兵装束，说说笑笑地来到训练场。孙武把她们分成两队，安排吴王最宠爱的两个姬妾当队长，每人手持一支戟，列队站好。孙武开始发号施令，先问她们："你们知道自己的心、左右手和背的方向吗？"

宫女们乱纷纷地回答："知道。"

孙武又说："我说向前，你们就看心口方向；我说向左，你们就看左手方向；我说向右，你们就看右手方向；我说向后，你们就看背的方向。听清楚了吗？"

宫女们又答："诺！"

号令宣布完毕，孙武下令摆好斧钺等刑具，击鼓传令向右。队伍里爆发出一阵哄笑，还有叽叽喳喳的说话声，没有几个人服从号令。

孙武平静地说："纪律不明，号令不熟，是我这个将领的错。"于是又交代了一遍号令，然后击鼓传令向左。

宫女们又爆发出一阵笑声，不管孙武怎样指挥和交代，她们不以为意。有的宫女甚至模仿起孙武的样子，让场面一度失控，看起来更像一场闹剧。

对此，孙武没有暴跳如雷，而是面无表情地看着这群嘻嘻哈哈的宫女，一字一句地说："纪律不明，号令不熟，是我这个将领的错；现在我说得这么清楚，你们还不遵从号令，队长难辞其咎，按律当斩！"

吴王本来坐在场边看得津津有味，一听说要杀两位队长，大惊失色，连忙站起来，叫人给孙武传话："孙先生！寡人知道您会带兵了。别动寡人最爱的姬妾，没有她们，寡人饭都吃不香的！"

孙武严肃地说："我已受大王之命为将。将在外，君命有所不受！"说着就将两位队长斩首示众，又从吓得花容失色的宫女中点了两个人，叫她们接任队长，继续操练。

不一会儿，一支训练有素的娘子军诞生了。击鼓令下，宫女们严守号令，向左向右，向前向后，没人再敢出声嬉笑。

孙武这才来到吴王面前汇报成果："报告大王！部队训练完毕，您就是让她们赴汤蹈火都没问题，请大王检阅！"

吴王原本只觉得好玩，现下痛失两名宠姬，心碎了一地，哪还有心情阅兵，就摆摆手，说要回去休息。见此情形，孙武长叹道："原来大王不是真心想看我带兵，而是拿人寻开心。您只是喜欢我写的兵法，却不能付诸实践。"

吴王见识到孙武果然是善于用兵，也明白了用兵非同儿戏，便拜孙武为将军。此后，孙武带领吴国军队与楚作战，多次打败强敌楚国，使吴国威震四方。

6. 孙膑田忌围魏救赵

齐威王三年（前354），赵国攻打卫国。卫国是魏国的属国，魏国当然不会坐视不管。第二年，魏惠王派大将庞涓举兵攻打赵国，包围其都城邯郸。面对魏军的猛烈攻势，赵军渐渐不敌，吓得赵成侯连忙派使者到齐国求援，齐威王于是任命田忌为将，孙膑为军师，率军救赵。

田忌打算火速赶往邯郸援助赵军，孙膑阻拦道："将军别急，眼下魏国派出的精兵猛将已经包围邯郸，赵国将士不是庞涓的对手，咱们去救邯郸已经来不及了。"

孙膑画像

田忌一听，便问该怎么办。孙膑说："请将军南下攻打平陵（今山东省菏泽市定陶区东北）。平陵地处宋国和卫国之间，城池虽小，管辖范围却很大，而且人多兵强，易守难攻，是魏国的战略要地。我们可以在平陵迷惑魏军，使庞涓骄傲轻敌。"

田忌问："那我们该怎么攻打平陵呢？"

孙膑答道："请派齐城、高唐两位大夫带兵攻击环涂地区的魏军。环涂是魏军屯驻之地，我军可派出前锋向他们发起猛烈进攻。"

于是，田忌分兵两路，派齐城大夫和高唐大夫率所部向平陵进击，主力部队却按兵不动。结果，两路齐军在环涂遭到魏军反击。

田忌着急了，对孙膑说："我们不但没攻下平陵，反倒折了齐城、高唐两军，损失惨重，这下该怎么办？"

孙膑仍是一副平静的样子，说："果然不出我所料。现在请将军立即派出轻装战车去打大梁，激怒庞涓，庞涓必定回兵去救，到时我们就能一举战胜他们。"

田忌只好照孙膑说的去办，派轻装部队往西直捣魏国都城大梁。此时，庞涓正率军围攻邯郸，赵国已经坚持不住，向魏军投降了。忽然传来齐军攻打大梁的消息，庞涓大惊。魏军主力在外，留守大梁的尽是些老弱残兵，若被齐军攻取，魏国根本既失，后果不堪设想。庞涓气得二话不说，立刻吩咐丢掉辎重，昼夜兼程救援大梁。

齐军此时尚未抵达大梁，得知庞涓气势汹汹地赶来，孙膑下令马上掉头，先派出少数部队去佯装与庞涓部队交战，使他轻敌。庞涓果然中计，一路追赶，被埋伏在桂陵（在山东省菏泽市东北，一说在今河南省长垣县西）的齐军主力迎头痛击。魏军一路奔袭，早已是强弩之末，齐军以逸待劳，大败魏军，生擒庞涓。

次年，齐魏讲和，庞涓被释放，回到了魏国。

"围魏救赵"是"三十六计"中非常精彩的一计，重点在于避实就虚。桂陵之战正是由于孙膑设下妙计，专门攻打敌人薄弱环节，同时诱敌深入，开始看似节节败退，实则牢牢掌握战争的主动权，堪称兵家用兵之典范。

7. 孙膑庞涓决战马陵

距桂陵之战十三年后，魏齐两国战事又起。齐威王十六年（前341），魏国联合赵国，派大将庞涓率领魏、赵联军，攻打韩国都城新郑（今河南新郑）。韩昭侯连忙派使者到齐国求援。

孙膑认为韩、魏尚未交兵，而齐国发兵去救，实是齐军代韩国受魏国之兵，反而听命于韩国。况且，魏国此番出兵，志在灭韩，得手后必将兵锋转向齐国。如果齐国与韩国结盟，韩国仗着有齐国为后援，定然全力抗魏，待韩、魏两败俱伤，齐国再出兵救韩，可坐收渔人之利。

齐威王于是采纳孙膑的建议，答应韩国的出兵请求，并请使者回国转告韩昭侯。韩昭侯自恃齐军要来相助，与魏军展开殊死大战，结果五战五败，急忙再次遣使者至齐国告急，表示愿意举国听从齐国指挥。

时机成熟，齐威王便任命田忌、田婴为将，孙膑为军师，出兵救韩。和上次一样，齐国军队这次仍然沿用"围魏救赵"之计，不去韩国与魏军正面交锋，而是发兵直趋魏都大梁。

庞涓得知齐军又乘虚袭击大梁，大怒，急忙班师回国。魏惠王怕他重蹈桂陵之战的覆辙，乃命太子申为主将，率十万大军，和庞涓一起迎击齐军，誓要与齐军一决雌雄。

等魏军从韩国赶回大梁时，齐军早已越过魏国边境，向西去了。孙膑对田忌说："齐军胆怯之名天下皆知，而三晋之兵向来剽悍勇猛、轻视齐国。善于作战者应善于因势利导。兵法有云：行军百里与敌军争利，会折损上将；行军五十里与敌军争利，能赶到的士兵不过半数。所以我们可采取诱敌深入的战术，将魏军引入伏击圈再趁机歼灭之！"

根据预定的计划，两军交战，齐军立即佯装撤退。在后撤时，齐军第一天垒十万人用的炉灶做饭，第二天减为五万灶，第三天只剩三万灶。庞涓率军紧跟在后，发现齐军遗下的灶只过了三天便已减去大半，大喜道："我就知道齐军一向怯弱，来我国地界不过三日，士卒就已逃跑一大半了！"于是，他率一支精锐部队加速追赶，以求与齐国决战，而太子申则率步军跟随其后。

孙膑见庞涓已经中计，估算魏军行程，预计大约天黑时分就能到马陵（今山东省聊城市莘县大张家镇马陵村至河南省濮阳市范县老城一带）。马陵道路曲折，地势险峻，易设伏兵。孙膑命士兵劈开道旁的一棵大树，在白色的木面写上："庞涓死于此树之下。"又令弓弩手夹道埋伏，约定天黑后见此处有火光便放箭。

庞涓果然在天黑时来到马陵，见树上有字，便点燃火把近前察看，一看树上的字，不觉大惊，还未等他反应过来，埋伏两旁的齐兵万箭齐发，魏军中箭者无数，乱作一团。庞涓见齐兵从四方包围过来，自知智穷兵败，叹道："倒成就了这小子的名声！"说罢自刎而死。

齐军围歼庞涓后，乘胜追击，大败太子申率领的步军，生擒太子申，大获全胜。

马陵之战的战术与桂陵之战如出一辙，只是此次旨在聚歼魏军，故以减灶计诱敌深入，设伏歼之。此战之后，魏国元气大伤，齐国声威大振，威服诸侯，称霸中原。

8.《孙膑兵法》的前世今生

东汉史学家班固在《汉书·艺文志》中载录了《吴孙子兵法》《齐孙子》《太公》《管子》《司马法》等齐国兵书，其中《吴孙子兵法》指的是孙武的《孙子兵法》，《齐孙子》则指《孙膑兵法》。在产生于齐国的兵学经典中，《孙膑兵法》算是一个历经坎坷的特殊存在。

说到《孙膑兵法》的前世，就不得不提及它的主人——战国时期的齐国军事家孙膑。他是孙武去世一百年后的传人，生于齐国阿、鄄之间（今山东阳谷、鄄城一带），早年与庞涓一同学习兵法。如果没有后来发生的变故，他的人生应该是另一番璀璨的光景。

庞涓在魏国做了将军，很得魏惠王信任。他嫉妒孙膑的才华，自知远不能及，便将孙膑骗到魏国，施以膑刑和黥刑。孙膑脸上刺字，又被挖去膝盖骨，从前途无限光明的才智之士，变成终日困于暗室不得行走和露面的刑徒，简直悲惨至极。

受刑后的孙膑没有一直消沉下去，而是私下会见了出使到魏国的齐国使者。一番交谈下来，使者对孙膑的遭遇和处境感到惋惜，又十分佩服他的才华和意志。于是，使者把孙膑偷偷载回了齐国。

回到齐国后，孙膑成为大将田忌家中的门客。通过给田忌出谋划策，帮田忌在赛马场上获胜，孙膑被引荐给齐威王。齐威王向孙膑请教兵法，对孙膑的才华非常赏识，便想拜他为将军。

终于迎来出头之日，本是天大的好事，可孙膑深知，从被庞涓陷害受刑的那时起，自己就再也没有带兵打仗、建功立业的机会了，只能坐在帷幄里替人谋划。面对齐威王的重用，孙膑只能选择拒绝。齐威王见孙膑执意推辞，便任命他为田忌将军的军师。

后来，在孙膑的协助下，田忌两次击败庞涓，大破魏军，先后取得桂陵之战和马陵之战的胜利。孙膑不仅除掉了仇敌庞涓，也得以扬名天下。

孙膑的事迹主要见于《史记》，汉代以前的传世文献记载粗疏，而且《孙膑兵法》在流传过程中亡佚，自《隋书·经籍志》开始不再被著录，致使此书连同孙膑本人受到后世种种怀疑。很多人认为，《孙膑兵法》从来没有出现过，可能和《孙子兵法》是同一本书，甚至孙膑和孙武都是同一个人。

转机出现在 1972 年。山东银雀山汉墓出土了一批竹简，其中包含失传已久的《孙膑兵法》，这一发现使从唐代延续到近代的对孙膑其人其书的怀疑一下子烟消云散，《孙膑兵法》时隔千年重新出现在世人面前。1985 年，文物出版社整理出版《银雀山汉墓竹简（壹）》，收入《孙膑兵法》共十六篇，虽然大大少于《汉书·艺文志》所载的八十九篇，但毕竟展现了《孙膑兵法》的风采。

经历了千载质疑，孙膑和他的兵法总算柳暗花明、云开见月。时至今日，我们终于可以正视这部兵学著作。《孙膑兵法》继承了《孙子兵法》的军事思想，同时又带有战国时代齐国兵学的特点，是继《孙子兵法》之后又一部重要的军事理论著作。

9. 田单巧施"火牛阵"

即墨城外，夜幕下的燕军大营一片寂静。燕国士兵们睡梦正酣，却不知城墙之下，危机正在逼近。愈来愈烈的喧闹声将他们惊醒，只见无数身披红衣、角上有刀、身后冒火的怪物朝他们冲过来。仔细一看，竟是一头头凶猛的牛。一簇簇火光，把夜间映得如同白昼，燕军大营中已是惊慌失措、死伤无数，惨呼声不绝于耳。

此时，即墨守将田单站在城头，目睹他设计已久的"火牛阵"发挥着最大的效力。这一切，还要从几年前乐毅伐齐说起。

田单画像

齐湣王十八年（前284），燕国大将乐毅率领燕、赵、秦、魏、韩五国联军攻入临淄，一举拿下齐国七十多座城邑，只有莒城和即墨没被攻克。

当时的田单还在临淄做着管理市场的小官，过着平凡的生活。直到燕国大军攻入临淄城，他的人生被彻底改写。田单全家离开临淄，向东奔逃，先是逃到安平，后来又到了即墨。逃亡途中，许多人家的车子毁坏，车轴被撞断，车上的人都被燕军俘虏。田单让家人把车轴两头的尖端锯断，用铁箍包住，使车子一路上完好无损，一家人幸免于难。

不久，即墨也遭到燕军围攻，即墨军民殊死抵抗。即墨大夫出城迎战，不幸殉国。危难关头，众人推举田单为将军，并对他说："在安平的时候，你能用铁箍保全一家人的性命，可见有勇有谋。现在我们全城的身家性命就托付给你了！"

此时，齐国命悬一线，濒临灭亡，田单受命于危难之际，在以后的几年里，带领即墨军民坚守城池，与城外的燕军相持不下。他清楚地知道，单凭兵力不可能打败燕军，只有依靠计谋来逆转颓势。为此，他采取了一系列措施。

首先，离间敌人。要想削弱燕军的实力，就要把燕国大将乐毅除掉。田单利用新即位的燕惠王和乐毅之间存在的嫌隙，派人到处散播谣言，说乐毅故意拖延，表面上继续攻打齐国，实际上想联合即墨和莒城的守军自立为齐王，现在齐国人不怕乐毅，就怕燕国更换将领。这些话传到了燕惠王的耳朵里，他信以为真，便派将军骑劫去把乐毅替换下来。

其次，凝聚军心。田单把饭食摆在庭院中祭祀祖先，引得飞鸟在即墨城上空盘旋飞舞。田单说："这是上天在明示我，会有神人来做我的老师。"有个小兵走上前开玩笑说："我能当您的老师吗？"田单果然在众目睽睽下尊奉这名小兵为"神师"。每当发号施令，田单就宣称这是"神师"的旨意，城中军民无不畏服。

第三，激励士气。齐军困守城中，处于劣势。为了防止有人投降，田单扬言道："我害怕燕军割掉俘虏的鼻子，将俘虏放在军队前面，让他们与我们交战，这样即墨必败。"燕军闻言，便将齐军俘虏的鼻子割掉。城中军民看见那些投降燕国的人被割了鼻子，个个义愤填膺，坚守城池，唯恐落到燕军手里。田单又派人偷偷给燕军传话："我们害怕燕国人挖城外的祖坟，侮辱我们的祖先。"燕军果真把城外齐人的坟全都挖开。即墨军民从城头上望见此情景，无不痛哭流涕，恨不得立刻出去与燕军决一死战。

田单见时机已经成熟，下令精锐部队装备整齐，埋伏在城内；又叫老弱妇孺登上城头，向燕军诈称投降。燕军围城数年，见即墨终于投降，无不欢呼。田单又在百姓中间收集黄金千镒，让即墨城中的富豪献给燕军新任将领骑劫，请求进城后不要掳掠他们的家。骑劫非常高兴，满口答应，对齐军投降一事深信不疑，燕军上下更加放松了警惕。

万事俱备，到了与燕军决战的关头。田单派人在城中收集

齐文化博物馆内的"火牛阵"雕塑

了一千多头牛，给它们披上大红绸缎，遍身画上五颜六色的蛟龙图案，牛角上绑好尖刀，尾巴上扎着淋了油的芦苇。他们在城墙根凿了几十个小洞，到了夜晚把牛从洞里赶出，点燃牛尾，派精兵五千跟在火牛身后。由于尾巴烧得发热，一头头牛变得狂怒，直奔燕军大营，于是出现了故事开头的那一幕。五千名壮士紧随其后，在城头百姓的呐喊助威声中袭来，杀得燕军互相践踏、夺路而逃，骑劫也死在乱军之中。

田单率齐军追击溃败的燕军，沿途齐国城邑的百姓纷纷起义，里应外合，帮助田单收复齐国失地，齐军兵力日益增多。燕军兵败如山倒，一直退到黄河边上。田单率军乘胜追击，陆续收复齐国失陷的七十多座城邑，并迎接新即位的齐襄王回到临淄。

为了表彰田单的复国大功，齐襄王拜其为相，封之为安平君。

田单在即墨的破燕复齐之战，为中国军事史贡献了一场以弱胜强的经典战役。仅凭一城兵民击溃燕国大军，本来是不可能之事，而田单却步步为营，从反间到诈降，安排井然有序，使燕军处处落其彀中而不自知，最后在火牛阵中一败涂地。田单本是一个不起眼的小人物，却把齐国从灭亡的边缘拯救回来，可谓时势所造的大英雄！

五

决决齐风

春秋时期，精通韵律的吴国公子季札在听到《齐风》乐曲时，不禁赞叹道："美哉！泱泱乎，大风也哉！"季札从宏阔悠远、大气磅礴的齐乐里，感受到了齐国的泱泱大国之风。西汉时期，太史公司马迁游历齐地，仍能感受到齐文化的源远流长，由衷赞叹道："洋洋哉，固大国之风也！"本单元既有一代廉相晏婴和齐国仁人志士的故事，又包含齐国女性故事和奇人异事，还通过讲述与音乐、赛马、蹴鞠有关的故事，来窥见齐人当时娱乐生活之一斑，在一定程度上展现齐人的精神风貌。

（一）一代廉相

1. 晏婴辞赏

经过桓管改革后，齐国迅速富强起来，社会上也滋生了豪华奢侈的风气。管仲虽为贤相，但家中甚至比公室还要富有，齐国人却并不觉得他过分。到了齐景公时期，齐国霸业中衰，百姓生活贫困，上层的达官贵族却依然盛行着奢靡之风。特别是齐景公，生活奢华，连鞋子上都缀满了金银珠玉，生活更是淫逸无度，曾连续饮酒七天七夜，大醉三天才醒来。

为了纠正齐国上层的奢靡之风，国相晏婴处处严于律己、节俭朴素。据《史记·管晏列传》的记载，晏婴以力行节俭而闻名，他吃饭不吃两道肉食，妻妾不穿名贵的丝绸衣服，因此深受齐国百姓的敬重。

有一次，齐景公派使者来到晏婴家中，正赶上晏婴在吃饭，晏婴便把饭分给使者吃，结果，两个人都没吃饱。

使者回去后把情况汇报给齐景公。齐景公得知堂堂齐国之相，居然连饭都吃不饱，根本不信，便亲自去晏婴家看个究竟。结果，齐景公发现使者的汇报属实，不禁对晏婴叹道："唉！寡人竟不知先生家里如此贫困，真是寡人的罪过啊！"

晏婴连忙说："国君的赏赐已经很丰厚了，我家一点也不穷。

晏婴画像

世间的食物本来就不充足，士人能吃到小米、烤鸟、鸡蛋和苔菜，已经是很高的追求了。我在品行上没有比别人高出一等，却能吃到士人们想要的食物，这已经很好了。"

齐景公心中不安，便想把台和无盐两个城邑封赏给他，晏婴坚决不受，说："臣子有贤德才应该被封赏，而不是因为贫困。否则，大家都来索取齐国的土地，那国君如何得以容身？"

既然晏婴不要封邑，齐景公就拿出一千两金子和集市上征收的税款，让他用来招待宾客。齐景公派人将钱送到晏婴家里，送了三次，晏婴都拒绝了。最后一次送时，晏婴拜了两拜，辞谢道："其实我家里并不贫穷。凭借国君给我的赏赐，我用来供养父母和妻子三族，延及朋友，剩余的用来赈济百姓。如果我用国君赏赐的钱财过多地施舍百姓，那是替国君统治百姓，这不是忠臣该做的事情。如果我不用国君赏赐的钱财施舍给百姓，我就成了存钱的箱子，这不是仁德之人该做的事情。对上替国君统治百姓，对下得罪士人，死后钱财又归于他人，我就成了守财奴，这不是聪明的人该做的事情。粗布和简单的饮食，足够了！"

齐景公还是于心不忍，就搬出管仲接受齐桓公赏赐的例子来劝他："从前，先君桓公曾经把五百个村庄的土地赏给了管仲，管仲没有推辞，您又何必推辞呢？"晏婴笑道："我听说，圣人千虑，必有一失；愚人千虑，必有一得。或许管仲之所失，正是我的所得吧！"

晏婴力行节俭，谢绝国君赏赐的故事还有一些。他有一件裘皮大衣，缝缝补补穿了三十年都不舍得扔，上朝的时候总是乘坐一辆破旧的马车，拉车的马也是匹劣马。齐景公赐给晏婴一辆四匹马拉的豪华大车，但是送了很多次他都不肯收。还有一次，齐景公觉得晏婴的妻子又老又丑，就想把自己年轻的女儿嫁给他。晏婴却认为，妻子在年轻貌美时与他结为夫妇，两人相守多年，自己如今不能因为妻子年老色衰而另觅新欢。

由此可见，晏婴并不计较个人财富多寡，而是心系国家和百姓，谨守礼法和德行，不愿多得一点赏赐，更不会放纵自己的私欲，是个不折不扣的君子。他告老退休时，执意退还了原有的封邑，临死前还嘱咐妻子不要改变家风。晏婴忧国忧民的情怀和勤俭朴素的品德，永远值得后人敬仰。

2."屦贱踊贵"悟景公

晏婴吃着粗茶淡饭，住的房子也低矮狭小，而且靠近市场，周围充斥着喧嚣和尘土，环境简直可以说是脏乱差。

齐景公得知后，就想为他在地势高的地方盖一座宽敞明亮的大房子。晏婴闻讯，连忙面见齐景公，辞谢说："我的先人世代居住于此，我的德行不足以继承祖业，却还能居住在这里，这对于我来说已经很过分了。而且我的居所靠近市场，好处是买东西非常方便，怎么敢麻烦别人给我盖新房子呢？"

齐景公被晏婴的话逗笑了，就问他："您说您的家靠近市场，那您知道商品的行情吗？"

晏婴答道："怎能不知道呢？"

齐景公又问："那您说说，什么东西贵，什么东西贱？"

晏婴回答："踊贵，屦贱。"

踊是受过刖刑之人安装的假脚，屦就是鞋子。当时齐景公滥用刖刑，很多人被砍去了脚，因此假脚的需求量增大，市场上踊的价格比鞋的价格高。

齐景公闻言，意识到晏婴是在批评自己滥用刑罚，于是减轻了刑罚，施行仁政。这件事受到当时君子的高度评价："仁人之言，给人带来多么大的好处啊！晏子的一句话，就使齐侯减省刑罚！"

3. 晏婴为民请命

齐景公生活奢靡，贪图享乐，一度到了无所顾忌的地步。有一次，趁晏婴出使去了鲁国，齐景公在国内大兴土木，征发百姓修筑大台。当时天气寒冷，服劳役的百姓受冻挨饿，都在盼着晏婴回来。

晏婴回国后发现了这一情况，不动声色，先去向齐景公复命。齐景公请晏婴留下来饮酒，晏婴安然落座。席间，君臣喝得正开心时，晏婴忽然离席道："请国君恩准臣唱歌助兴。"

齐景公欣然允准，晏婴便唱道："冻水洗我，若之何！太上靡散我，若之何！"意思是冰冷的水浸泡着我的身体，这可怎么办！国君让我这样干，这可怎么办！晏婴所唱的，乃是服役百姓们的歌谣，歌声悲痛，饱含着血泪和呼救。晏婴唱完后，喟然长叹，痛哭流涕。

齐景公见状，不禁动容，劝慰道："先生为何悲伤至此？是为了修筑大台的百姓吧？寡人马上下令停工就是了！"

晏婴听到齐景公下令停工，没有说话，只是拜了两拜，然后走出朝堂。很快，他来到大台前面的工地上。那些正在服役的百姓以为救星来了，却只见晏婴从身后拿出棍子，看谁不卖力干活抬手就打，边打边说："我等小民尚有房屋躲避日晒潮湿，国君要建一座大台却不快点建成，你们是怎么服的役？"

就在百姓大失所望、抱怨晏婴助纣为虐时，停工的命令传下来了。为齐景公传令的车子从晏婴身边驶过，来到服役百姓的面前，人群中一片欢腾，大家都跟着车子一起奔跑起来。

事情得到了圆满解决，孔子却明白了晏婴此举的用意，叹道："古代善于为人臣者，总是把好的名声归于君主，把灾祸留给自己，入朝就规劝君主做得不对的地方，外出则赞扬君主的道德信义。因此，即使是侍奉懒惰的君主，也能使其无为而治，诸侯来朝。做到了这些，却不夸耀自己的功劳，晏婴就是这样的人啊！"晏婴以巧妙的方式让齐景公意识到自己的错误，并虚心改正，不光把百姓从劳役之苦中挽救出来，也维护了齐景公的名声和威望，为百姓和国君都尽心竭力，可以说是为人臣者之典范。

4. 牛山对泣

在齐都临淄城南（今淄博市临淄区齐陵街道），有一座风景秀美的小山，叫作牛山。这里林木丰茂、雾气氤氲，孟子曾赞叹牛山草木之美。明清时期以"牛山春雨"之名列入临淄八景，还形成了兴盛一时的牛山庙会，由此诞生

雾气氤氲中的牛山

了淄博一带广为人知的民歌——《赶牛山》。

除了优美的景色，牛山还有深厚的历史文化底蕴。相传姜太公受封营丘时，日夜兼程地赶往封地，在一头牛的引领下来到淄河边，然后牛化成山。为了纪念此牛，姜太公便把这座山命名为牛山。后来，齐国定都临淄，牛山成为游览胜地。春秋时期，齐景公君臣登临此处，留下了"牛山对泣"的故事。

一天，齐景公登上牛山，北望临淄，繁华盛景尽收眼底。齐景公既为能拥有这一切而感到骄傲，又担忧自己年事渐高，终有一天要死去。这堂堂的大国、繁华的都城、享不尽的荣华富贵，都将不再为自己所拥有。想到这里，齐景公不禁流下泪来，说道："为什么我要离开这泱泱大国而死去啊！"陪在他身边的宠臣艾孔、梁丘据见国君如此伤心，也跟着齐景公大哭起来。

齐景公与艾孔、梁丘据等人泣下沾襟，旁边的晏婴却发出一阵冷笑。齐景公一边拭泪，一边压住心中的怒火，质问晏婴："寡人今天触景生情，想到终将离开这盛景便悲不自胜，艾孔与梁丘据都跟着寡人一起伤心流泪，为何只有你在笑？"

晏婴收起笑容，正色回答道："国君不妨三思。假如圣贤之人不死，那么太公、桓公就一直守着君位；假如勇武之人不死，那么灵公、庄公也一直守着君位。要是他们都还活着，您又怎能当上国君呢？"一番话说得齐景公哑口无言。

晏婴继续说道："正是因为这些先君代代更迭，来了又去，才轮到您拥有齐国。现在您却为了将要失去它而痛哭流涕，仅仅是出于个人生死和一己私欲，没有半分国君应有的仁德！我之所以笑，是因为看到了一个没有仁德的国君和两个阿谀谄媚的臣子而已。"

齐景公贪图享乐、崇尚奢侈，也难免会产生长生不老的愿望。所幸齐景公身边有晏婴这样通达事理的贤相，告诫他："从前爽鸠氏最早生活在这片土地上，之后是季蒯沿袭此地，再后来是蒲姑氏、逢伯陵、姜太公。如果自古以来人生而不死，那应该是爽鸠氏的快乐，而不是国君您的。"可见，生死对于每个人而言都是公平的，没有人能永远占有这个世界。晏婴的回答道出了世间万物更替、周而复始的永恒真理。

随着时间的流逝，晏婴和齐景公先后作古，齐国也消失于历史的长河之中，而"牛山对泣"却成为后人常用的典故而流传至今。

5. 晏子使楚

齐相晏婴以能言善辩闻名，在多次外交活动中凭借雄辩的口才维护了齐国的尊严，做到了不辱使命，展现了一位杰出政治家和外交家的风采。

晏婴奉命出使楚国，楚王听说晏婴能言善辩，于是和身边的大臣定下计策，想等晏婴到来时羞辱他。

因为晏婴身材矮小，楚王下令，只开了都城侧面的小门让他进入。见此情形，晏婴对楚国的迎客人员说："这是狗洞，不是城门。只有出使狗国的人，才会从狗洞进入。我今天出使楚国，不应该走这里。"迎客人员只好打开大门，迎晏婴一行入城。

到了楚宫，晏婴拜见楚王。楚王打量了一下晏婴，问道："难道齐国没人了吗？"

晏婴回答说："我们齐国光都城临淄就有数千户人家，人们一起张开袖子，就是一片云；一起挥洒汗水，就是一阵雨；街上行人肩靠着肩，脚挨着脚，怎么会没有人呢？"

楚王笑道："既然这样，齐国为什么派你来了呢？"

晏婴故意叹了口气，答道："大王有所不知，我们齐国派遣使臣，是根据所到之国国君的贤与不肖来安排的。贤能的人就派去出使贤能的国君，不肖的人就派去出使不肖的国君。我晏婴是最不肖的人，所以只好出使楚国了。"一番话驳得楚王哑口无言。

楚王为了扳回一局，就按照事先与大臣商议好的计划执行。宴会开始后，只见两个官吏绑着一个人从宴席旁边走过，楚王问道："被绑者何人？"

官吏们答道："回大王，是齐国人。"

楚王又问："他犯了何罪？"

"回大王，他犯了偷盗罪。"

楚王得了机会，立刻拿眼瞟着晏婴，煞有介事地问道："齐国人一向善于偷盗吗？"

晏婴知道楚王还憋着坏，于是起身离开席位，朗声答道："我听说，橘子长在淮河以南，结出的柑橘又大又甜；长在淮河以北，结的就是又苦又小的枳。橘和枳只是叶子的形状相似，果实味道却完全不同。这是什么原因呢？是水土不同啊。如今百姓生活在齐国是正人君子，到了楚国就学会偷盗了，难道楚国的水土会使人变成盗贼吗？"

此话一出，楚王彻底服输，对着大臣笑道："圣人是不能与他开玩笑的，寡人反倒自取其辱了。"

6."和而不同"见高下

"君子和而不同，小人同而不和。"孔夫子的这句名言道出了君子之交和小人之交的本质，"和而不同"则被视为和谐关系的典范，是中国古代和谐思想的经典名言。而在孔子之前，晏婴已经就"和而不同"的概念做了细致的阐释。

有一次，齐景公打猎归来，晏婴在遄台随侍，梁丘据也驱车赶来。

梁丘据是齐景公的宠臣，经常随侍在齐景公身边。齐景公在牛山伤心哭泣，他跟着一起哭；齐景公生病不见好，他就说是祭祀不灵，怂恿齐景公杀祭祀官谢罪；齐景公夜里想找大臣喝酒，被晏婴和司马穰苴拒之门外，只有梁丘据鼓瑟吹竽，把国君迎到家中。齐景公曾感叹道："没有晏子和穰苴，谁来帮我治国？没有梁丘据，谁来伴我娱乐？"

见到梁丘据驱车赶来，齐景公喜笑颜开，说："只有梁丘据与我相和啊！"

晏婴站出来说道："梁丘据也只不过是跟您相同罢了，怎么能说得上是相和呢？"

齐景公不解，问道："'和'跟'同'有区别吗？"

晏婴回答道："当然有区别，请容我与您细说。'和'就像做肉羹，用水、火、醋、酱、盐、梅这些材料来烹调鱼肉，用薪柴烧煮。厨师调配味道，使各种味道恰到好处，味道不够就增加调料，味道太重就减少调料。君子吃了这种肉羹，用来平和心性。其实，国君和臣子的关系也是这样。"并进一步阐释了臣子对国君讲出不同意见的重要性。

晏婴继续说："音乐的道理也像味道一样，由一气、二体、三类、四物、五声、六律、七音、八风、九歌各方面相配合而成，由清浊、小大、短长、疾徐、哀乐、刚柔、迅速、高下、出入、周疏各方面相调节而成。听了这样的音乐，可以平和心性。心性平和，德行就协调。现在梁丘据不是这样。国君认为可以的，他也说可以；国君认为不可以的，他也说不可以。如果用水来调和水，谁能喝得下去呢？如果用琴瑟弹一个音调，谁听得下去呢？这就是不应该相同的道理。"

晏婴借助烹调和音乐之道，为齐景公讲述了"和而不同"的本质，说明梁丘据对齐景公的要求一味满足，不管对错从无异议，实际上是在蒙蔽国君、堵塞言路。

"和而不同"的思想，其实也并非晏婴的原创。《国语·郑语》记载了郑桓公与史伯的一段对话，史伯以五行、五味、六律等等做比喻，说明什么是"和"，什么是"同"，进而批评周幽王"去和而取同"。这个善于思辨的史伯，是周王朝的太史，名颖，字硕父。他与郑桓公的对话，发生于周幽王八年（前774）。二百五十多年后，才有了晏婴对"和同"的论述，这无疑是史伯"和同"思想的深化。其后，孔子的"和同论"，则更精炼，成为人们耳熟能详的名言。"和而不同"的思想，对于我们知人论事具有很强的借鉴和启发作用。

7. 以民为本显襟怀

　　民本思想是中华优秀传统文化的精华，肇始于商周时期，《尚书·五子之歌》云："民惟邦本，本固邦宁。"春秋战国时期，民本思想得到丰富和发展，晏婴在其中做了很大贡献，《晏子春秋·内篇问下》说："卑而不失尊，曲而不失正者，以民为本也。"这是"以民为本"一词的最早出处。晏婴相齐期间，经常针对齐景公的言行进行劝谏，展现了其忠言直谏、忧国爱民的情怀。

　　有一次，齐景公患了疟疾，病了一年都不见起色，前来问候的各国使者大多也没有离开。齐景公的宠臣梁丘据和裔款进言道："我们对鬼神的供奉已经很丰厚了，国君还是病得这么重，这是祝、史两位祭祀官的罪过。诸侯不了解内情，以为我们不敬鬼神，国君为何不杀了祝、史来辞谢各国使者呢？"

　　齐景公找晏婴来商议此事，晏婴分析道："杀了祝、史两位祭祀官无济于事。在齐国，邻近国都的关卡横征暴敛，世家大族强取民财，政令无准；国君天天修建宫室，荒淫作乐；宫里的宠妾在市场上肆意掠夺，宫外的宠臣在边境上假传君令；国君的私欲不断膨胀，满足不了就加以治罪。百姓生活在苦难中，难免会有所诅咒。纵然祝、史善于祷告，又怎能胜过万亿人的诅咒？国君如果想杀祝、史，就要先修正自己的德行。"

　　齐景公觉得晏婴的话很有道理，便让主事官员放宽政令，关闭关卡，废除禁令，减轻赋税，并免除了百姓对官府所欠的债务。很快，齐景公的病就痊愈了。

晏婴心系百姓，有时还要冒着触怒国君的风险仗义执言，甚至不惜舍弃官职和财富。有一年，齐国连下十七天大雨，多地爆发洪涝，齐景公非但不赈济灾民，反而日夜饮酒作乐，还派人到各地去召集善歌者进宫演唱助兴。晏婴非常生气，拿出自家的粮食和车马供给灾民，然后进宫怒斥齐景公道："大雨已经下了十七天，数十家房屋毁坏，好多百姓都没有饭吃，没有衣服穿，多少年老体弱的人挨饿受冻，走投无路。可是国君还在宫里日夜饮酒作乐，宫里的马吃着国库里的粮食，国君养的猎狗吃肉都吃饱了，后宫妃嫔个个衣食充足，国君对他们那么优厚，对百姓为什么不肯体恤一下呢？乡里的百姓贫穷挨饿，无处求告，不会再拥戴国君了。我身为国相，拿着国家的俸禄，却让百姓、国君置于如此境地，我的罪过太大了。"说罢辞官而去。

临淄晏婴墓

齐景公这才幡然醒悟，立刻把晏婴劝回朝堂，向他请罪，随后下令开仓救济灾民，裁减宫内用度，还赶走了那些怂恿他一味享乐的宠臣和姬妾。

晏婴凭借能言善辩的智慧和直言敢谏的勇气，阻止了齐景公一些危害国家和百姓的行为，体现出以民为本的胸怀。当齐景公得知晏婴去世的消息后，一路哭着跑到晏婴灵前，伏在晏婴的尸身上哀号："先生天天事无巨细地规劝我，我尚且不知收敛，弄得民怨沸腾。如今上天降祸于齐国，为何不降在寡人身上，却降在您的身上？齐国社稷危矣！往后百姓有难该向谁去诉说啊！"

（二）崇德尚义

1. 齐太史秉笔直书

公元前 548 年，齐国发生了一件大事，堂堂国君被权臣所杀，国内外一片哗然。目睹这一切的太史，毅然在竹简上写下"崔杼弑其君"，如实记载了这一重大事件。

被杀的国君是齐庄公吕光，弑君者是当时齐国权臣崔杼。崔杼最早受宠于齐惠公，齐灵公时任大夫。齐灵公生前没有处理好继承人问题，废掉已立多年的太子光，并把他赶到东部边境，改立公子牙为太子。等到齐灵公病危，崔杼暗中把废太子光接回来，拥立为君，是为齐国的第二个齐庄公。齐庄公即位后，杀了公子牙及其党羽，崔杼作为有功之臣权势日盛。

崔杼权倾朝野，但齐庄公并没把他放在眼里。崔杼新娶的妻子东郭姜（又称棠姜）年轻貌美，齐庄公听说后经常跑到崔杼家里和东郭姜私会。

齐庄公与东郭姜私通之事，崔杼早已发觉，但隐忍不发。齐庄公以为崔杼软弱可欺，更不将崔杼放在眼里。有一次，齐庄公把崔杼的帽子随便赏人，他身边的侍从都觉得过分了，提醒他不可如此，齐庄公却不以为然。

崔杼对齐庄公早已怀恨在心，正巧侍人贾举挨了齐庄公一顿鞭子，同样对齐庄公怀恨在心，崔杼便与贾举合谋，对外称病不出，等待齐庄公前来探病。

齐庄公果然来崔杼家探病，其实是想借机与东郭姜相会。齐庄公跟着东郭姜进门，东郭姜躲进内室，他推门不开，便抱着柱子唱歌，而这时崔杼已经带着东郭姜从内室的侧门偷偷离开，贾举则屏退齐庄公左右，当下院门一关，甲兵齐上，齐庄公吓得翻墙而逃。士兵们放箭射中了齐庄公的大腿，见他摔下宫墙，便冲上去杀了他。

齐庄公已死，崔杼又率兵攻杀齐庄公的亲信。晏婴冒死去给齐庄公奔丧，有人建议崔杼也杀了他，崔杼考虑到晏婴在百姓中的声望，没敢动手。

两天后，崔杼立齐庄公的弟弟吕杵臼为国君，是为齐景公。他自任国相，庆封为左相，与国人在太公庙前歃血为盟，要求必须服从崔、庆二人。

齐国上下都保持缄默，但太史不会！正如孔子编《春秋》而乱臣贼子惧，"崔杼弑其君"——那竹简上的五个字，此时正震慑着那些作乱的贼人，让他们的恶名在历史上永存。

崔杼自然忌惮其中的力量，命人杀了太史，让新一任太史重写。新任太史是太史的弟弟，他在哥哥惨死、自己性命受到威胁的时刻，不改史家操守，照书不误，又被崔杼杀死。太史的三弟继任，同样死于崔杼之手。

齐太史兄弟三人接连殒命，听闻此事，齐国南部有个史官，史称南史氏，他带上写着"崔杼弑其君"的竹简毅然前往临淄，走到半路，得知太史的第四个弟弟已经如实记录，这次没被崔杼杀掉，于是放心地掉头回去。

齐国太史四兄弟没有留下姓名，但他们为了秉笔直书而将生死置之度外的职业操守，被后世传为佳话，成为史家的榜样，其正气彪炳青史，可歌可泣！

2. 陈仲子於陵灌园

群雄逐鹿的战国时代，为天下士人提供了建功立业、实现人生理想的广阔舞台。在众多才志之士奔走于列国追求功名富贵的同时，也有人做出截然不同的选择，齐国贵公子陈仲子便是其中的代表。他以自己的特立独行，书写了有德之士的高洁人生。

陈仲子是田齐宗室子弟，因其排行老二，故称"仲子"或"子仲"，字子终。其兄陈戴承袭了父亲的卿位，封地在盖邑

（今山东省沂源县盖冶村），享有万钟俸禄。凭借如此优越的条件，陈仲子本可以在齐国谋个一官半职，或者依附家族安享富贵，但他毅然抛弃了这一切。

陈仲子认为，哥哥所得的卿位、所住的大房子、所食的俸禄，都是不劳而获，这对于主张自食其力的他而言是不能接受的。陈仲子不愿靠哥哥而活着，于是告别了母亲，与妻子离开家，到楚国的於陵（今淄博市周村区及邹平市东南一带）隐居起来，自称於陵仲子。

从此，陈仲子夫妇住在於陵的长白山下，以石室为家，穿着自己编织的草鞋，靠为别人浇灌园圃来维持生计。隐居的生活虽然安静自在，却也贫困艰难，有一次，陈仲子连续三天吃不上饭，饿得耳聋眼花。他发现井边有个李子，已被虫子蛀了大半，便摸索着爬过去，抓起来吃了，这才恢复了视觉和听觉。

日子过得这样苦，陈仲子也没有放弃对自甘清贫的坚守。一天，陈仲子回家看望母亲，母亲杀了只鹅给他吃。正巧这时有人来送鹅，陈仲子便皱眉道："要这嘎嘎叫的东西做什么！"正好他哥哥刚从外面进来，见他如此说，便回敬道："你吃的就是那嘎嘎叫的肉。"陈仲子一听，可了不得了，立刻冲到门外，把刚才吃的鹅肉吐了个一干二净，说什么也不吃不义之食。

由于陈仲子贤名在外，楚王便想任命他为楚相，派使者送去黄金百镒请他出山。陈仲子进屋同妻子商议道："楚王请我去做国相，还送来许多黄金。我今日答应了他，明日咱们就能坐上驷马高车，吃珍馐美味，怎么样？"其妻却说："咱们自食其力，左琴右书，乐在其中。坐再好的车也不过容下膝盖，吃再好的饭也不过吃下几块肉，如今为了这点好处就要为楚国的命运担忧，何必呢？乱世多祸患，我怕你出去做官性命不保。"妻子的话使陈仲子甚感欣慰，于是，陈仲子出去谢绝了使者。

然而，陈仲子的行为在当时引发了很大争议，人们站在不同的立场上对他提出种种批评。孟子虽然赞赏陈仲子是"齐国巨擘"，却认为他的操守算不上廉洁，只有地里的蚯蚓才能做到；荀子把陈仲子归入他所批判的"十二子"行列，指责他放弃高贵的生活，违背人性，实为欺世盗名之举；韩非认为陈仲子虽然有才，却选择避世，即便不仰仗他人，也是无益于国家，根本就是个无用的"实心葫芦"；统治者对陈仲子更是无法容忍，赵太后认为他上无君臣、下无父母，煽动百姓无所作为，问齐国为什么不将他处死。

陈仲子"不入污君之朝，不食乱世之食"，不与贪官污吏同流合污，而是辞尊居卑，辞富居贫，淡泊明志，独善其身。其清高的品德、坚贞的操守和刚直的气节，在后世得到了应有的尊重和景仰。他的言行被西汉刘向整理成《於陵子》，他的事迹被晋人皇甫谧收入《高士传》，人们还在他灌园的地方修建了古泉驿以示纪念。

3. 狐援哭国

战国中后期，齐湣王吞并宋国之后，齐国的政治、军事实力达到顶峰，疆域幅员达到数千里。然而，齐国表面强盛的背后，已是危机四伏。齐湣王穷兵黩武，骄横自大，独断专行，朝中无人敢于进谏。

此时，有一个叫作狐援的布衣百姓勇敢地站了出来，向齐湣王进言道："殷商灭亡后，其钟鼎被周王室摆在朝廷，神社被罩上庐棚，舞乐被用于游乐。可见，国家一旦灭亡，音乐不准进入宗庙，社庙不得见天日，那鼎器摆在朝廷是用来警戒后人的。国君您一定要好自为之，万不可让齐国的钟鼎音乐、太公建起的神社遭受如此劫难啊！"

齐湣王刚愎自用，哪能听得进狐援的肺腑忠言！狐援见齐湣王对他的进谏置之不理，想到齐国的灭顶之灾和将来受难的百姓，便在宫门外放声悲歌：

> 先出也，衣缔纻；
> 后出也，满囹圄。
> 吾今见民之洋洋然，
> 东走而不知所处。

歌词意思是，齐国臣民纷纷出逃，先逃到别国的还能穿布衣，后来出逃的，只能被关进大牢。我看到齐国百姓仓皇出逃，向东却不知应该逃到什么地方去。

狐援就这样哭了三日，国人尽知，消息自然也传到齐湣王的耳朵里。齐湣王叫来刑官问道："平白无故给国家哭丧，该当何罪？"刑官答道："当斩。"齐湣王大手一挥，说："还不快依法行事！"

刑官领命而出，心里是真不想杀了狐援。他把刑具公然摆在成东门，为的是让狐援知道，好赶紧逃走。

谁知狐援听说后不但不走，反倒跌跌撞撞地跑来找刑官。刑官见他一把年纪，还这样跑来送死，急得直嚷道："哭国之罪当斩，您老人家来做什么！您老糊涂了吗？"

狐援一脸悲伤，又唱起歌来：

> 有人自南方来，鲋入而鲵居。
>
> 令人之朝为草而国为墟。
>
> 殷有比干，吴有子胥，齐有狐援。
>
> 已不用若言，又斩之东间。
>
> 每斩者以吾参乎二子者乎！

意思是，有人（盖指燕国派来的间谍苏秦）从南方来，刚来时还像鲫鱼一样恭顺，住下以后却像鲸鲵那样凶狠残暴，使人家的朝廷和国都变成长满荒草的废墟。殷商有个忠臣叫比干，吴国有个忠臣叫伍子胥，齐国有个忠臣叫狐援。齐王不听我的忠言，又要杀我于东门，这是要让我与比干、伍子胥齐名，成为鼎足而三的忠臣吗？

唱罢，狐援慷慨就死，留下了这两段感天动地的《狐援辞》。如狐援所料，齐湣王十八年（前284），乐毅率领五国联军伐齐，齐湣王仓皇逃走，被楚将淖齿所杀，齐国到了灭亡的边缘。

4. 王蠋殉国

乐毅率领燕军攻占临淄，此后又在齐国作战五年，攻下齐国城邑七十多座，只有莒城和即墨还没有占领。

即墨城中，田单带着全城军民殊死抵抗燕军，维持着齐国所剩无几的战力。而在被攻陷的地区，依然有人坚决不降、宁死不屈，守护着齐国人最后的气节，谱写出一曲高昂壮烈的爱国壮歌。

齐国画邑（今淄博市临淄区高阳村一带）有个隐士叫王蠋，本是齐国大夫，因为屡次劝谏齐湣王不听，便愤然辞官，回到故乡画邑隐居起来。

齐国大厦将倾，画邑也难逃沦陷。为了巩固统治，缓和齐国人民的敌对情绪，乐毅下令整肃燕军纪律，停止侵掠，放宽赋税，革除严苛法令，对齐国的隐士高人以礼相待。王蠋贤名在外，素有声望，自然也受到乐毅的拉拢。

乐毅先是下令，画邑周围三十里以内不许军队进入。然后，他又派使者到王蠋家中拜访。使者恭敬有礼，向王蠋表达了燕国的诚意："齐国许多人都称颂先生的高义，我们想请先生出山做官，赏赐食邑一万户，不知先生意下如何？"

对于燕人招降，王蠋断然拒绝。燕人先礼后兵，见重金招揽无用，便凶相毕露，厉声对王蠋说道："你若不从，我们就带大军屠了整个画邑！"

面对威胁，王蠋毫无惧色，义正词严地说："忠臣不事二主，贞女不嫁二夫。齐王不听我的劝告，我才隐居在乡间种地。齐国败亡，我救不了它，现在你们又要用武力逼我助纣为虐，与其活着行不义之事，倒不如被烹死！"

来使见王蠋软硬不吃，便拂袖而去。王蠋担心燕军真的会来屠城，为了拯救画邑的百姓，遂在树上自缢而死。

王蠋壮烈殉国，事迹迅速传遍了齐国大地，激励着全国军民抗燕复国的热情。一路跟随齐湣王逃亡到莒城的齐国大夫们听到这个消息，皆肃然起敬。他们本来在为齐国没了君主而踌躇，现在却都在说："王蠋一介布衣，尚有这般觉悟，不肯服侍燕国，更何况我们这些食国家俸禄的人！"于是，他们很快振作起来，在莒城中到处寻找齐湣王之子，终于找到了王子田法章，并拥立他为国君，是为齐襄王。齐襄王的即位向天下昭示，齐国并没有向燕国屈服，更没有灭亡！

田单利用"火牛阵"击败燕军之后，画邑也被齐军收复，于是当地流传着一个"把土积丘"的故事：齐襄王下令，在临淄西北的愚公山下厚葬王蠋。王蠋的妻子说："大家怀念先夫，就请捧把家乡的土给他看看吧。"人们听说后，纷纷从家乡带了一把土撒到王蠋的坟墓上。日久天长，王蠋墓的封土一天天地加高，大如山丘。

作为隐士，王蠋不为敌国利诱，不被武力屈服，诚为孟子所说的"富贵不能淫，贫贱不能移，威武不能屈"的堂堂"大丈夫"！

5. 鲁仲连义不帝秦

齐王建七年（前 258），赵国执政大臣平原君（即赵国公子赵胜）的府邸来了两位贵客，一位是魏国使者辛垣衍，一位是齐国高士鲁仲连。

在一年之前的秦赵长平之战中，赵国痛失四十万主力军。秦军乘胜长驱直入，围困赵国都城邯郸，赵国向魏国求救，但魏王畏秦如虎，根本不想与秦国作对，只是碍于与赵国的同盟关系，不好直接拒绝，只好装模作样地派晋鄙率军救赵，一边暗令晋鄙把军队驻扎在离邯郸不远的荡阴（今河南省安阳市汤阴县）观望，一边派使者辛垣衍来到邯郸，劝说赵国尊秦王为帝，幻想以此使秦国退兵。

面对辛垣衍的游说，一向有"天下贤公子"名声的平原君非但不能直斥其非，反而有所心动。此时，恰逢齐国高士鲁仲连游历赵国，也被困在邯郸城中，他听说魏国派辛垣衍来劝赵国尊秦为帝，便去求见平原君，要求和辛垣衍谈谈，准备当面驳斥辛垣衍的投降论调。于是，平原君将辛垣衍召来，促成了两人的这次见面。

谁知鲁仲连见了辛垣衍一言不发，傲然不予理睬。辛垣衍于是率先与鲁仲连打招呼，问道："我看逗留在邯郸城中的，都是有求于平原君的人。先生器宇轩昂，不像是有求于平原君的人啊，怎么也逗留在这里不走？"

鲁仲连回答说："隐士鲍焦遁入山林，抱树而死，世人都以为他是为了成全自己的清高，其实他只是不想苟活在邪恶的世道而已。如今秦国的暴虐举世皆知，如果秦王称帝，号令天下，那我鲁仲连宁愿跳进东海自杀，也不愿做秦国的臣民！我之所以留在邯郸，是想帮助赵国。"

辛垣衍冷笑道："哦？您能帮赵国？怎么个帮法？"

鲁仲连说："齐、楚本来就要出兵助赵，我会说服燕、魏也出兵救赵！"

辛垣衍十分不屑地说："我就当你能说得动燕国，但你说魏国也会听你的，就有点自欺欺人了吧？我就是魏国人，我就是来劝赵国尊秦王为帝的，你怎么劝魏国改变主意呢？"

鲁仲连说："魏国是不知道尊秦王为帝的危害罢了，要是知道了，就会改变主意！"

辛垣衍问道："尊秦王为帝有什么危害？"

鲁仲连说："齐威王当年率天下诸侯尊崇周天子，诸侯们都不去朝见，只有齐国去朝见。周烈王驾崩时，齐国遣使去吊丧，因为迟到了，新即位的周显王便派使者到齐国去问罪，此事在诸侯间传为笑柄。"鲁仲连举这个例子，意在说明尊奉天子不是明智之举，出力不讨好。

辛垣衍说："你难道没有见过主仆关系吗？十位奴仆跟随一位主人，难道是这十位奴仆的力量与智慧都比不上主人吗？只不过是害怕主人罢了。"

鲁仲连问："照你这么说，是把魏国当作秦国的奴仆了？"

辛垣衍回答说："是的。"

鲁仲连说："既然如此，那我就去劝说秦王，让他烹杀魏王并剁成肉酱！"

辛垣衍勃然变色，怒道："你的话也太过分了吧！秦王、魏王都是大国君主，秦王怎么可能杀得了魏王？"

鲁仲连解释说："当年鬼侯为讨好殷纣王，将女儿献给纣王为妃，可是纣王听信谗言，反将鬼侯处死；鄂侯为鬼侯鸣冤叫屈，也被纣王杀死；周文王只不过是哀叹了几声，纣王便把他囚禁。尊秦为帝，魏国国君就变成了秦国的臣子。天子对臣子可以生杀予夺，怎么就不能杀了魏王呢？"

辛垣衍听得一身冷汗，只听鲁仲连继续说道："主辱则臣死。当年齐湣王逃到邹国、鲁国避难，却想对邹鲁两国国君摆天子的架子，把邹鲁二君当奴仆对待，但邹鲁的臣子们不愿意自己的国君受辱，便拒不接纳齐湣王。如今魏国虽已衰弱，但仍是与秦国平起平坐的大国，君主的名号也都是王，可是三晋（魏、赵、韩）臣子一看到秦国大胜一场，就想尊奉秦王为天子，使他们的君王屈辱地去做秦王的奴仆而自己却不以为耻，可见三晋臣子都是些毫无廉耻的软骨头，连邹鲁这样小国臣子的气节都比不上！"

辛垣衍听了，面红耳赤，无言以对。

鲁仲连见火候差不多了，又说道："秦王一旦称帝，他就能以天子的名义撤换诸侯国的大臣，把敌对秦国的大臣换成讨好秦国的大臣，让秦国的宗室女子去做诸侯的妃子，让她们打入魏国王宫内部，到那时候，魏王的日子能好过吗？辛垣将军您自己还能得到魏王的信任和重用吗？"

辛垣衍幡然醒悟，起身向鲁仲连鞠躬拜谢，说道："我一

位于高青县高城镇大王村南的鲁仲连墓

开始还以为您是个庸才，到现在我才明白您是天下的俊杰啊！我这就离开邯郸，再也不敢说尊秦王为帝这样的蠢话了！"

在鲁仲连的劝说下，魏、赵两国放弃了尊秦称帝之念，坚定了与秦国抗争到底的决心。不久，魏公子信陵君窃符救赵，迫使秦军撤退，化解了邯郸之围。

平原君想封赏鲁仲连，鲁仲连推辞不受；平原君又欲以千金相赠，鲁仲连坚决推辞，说："天下之士之所以被世人尊重，是因为他们以为人排忧解难为乐。如果接受报酬，那就变成了喜欢利益交换的商人，我不愿这样做。"于是，鲁仲连离开了邯郸，之后再也没有与平原君相见。

史载鲁仲连"好持高节"，善为人排难解纷，功成而不受封赏，受到时人的高度评价，也赢得了后人的景仰。唐朝大诗人李白有首古风专咏鲁仲连，诗云：

齐有倜傥生，鲁连特高妙。

明月出海底，一朝开光曜。

却秦振英声，后世仰末照。

意轻千金赠，顾向平原笑。

吾亦澹荡人，拂衣可同调。

（三）巾帼风华

1. 齐姜义逐重耳

夜深人静，临淄城中一处寓所里，重耳和齐姜夫妻二人正对坐饮酒。一杯再一杯，重耳终于醉得不省人事。齐姜随即命人撤去酒席，轻抚着熟睡的丈夫，与惨淡的烛光默然相对，心绪回到了过去。

齐姜本是齐国宗室之女，由齐桓公做主，嫁给逃亡至此的晋国公子重耳。重耳是晋献公的儿子，虽年过半百，却非等闲之辈。当初，重耳的庶母骊姬作乱，欲立亲生儿子奚齐为太子，便设计唆使晋献公逼死太子申生，追杀公子夷吾和公子重耳，害得两兄弟流亡国外。晋献公死后，国内爆发内乱，骊姬、奚齐被杀，晋国一时群龙无首，夷吾遂在秦国的帮助下回国即位，是为晋惠公。而重耳先在狄国待了十二年，又被迫抛妻舍子逃到卫国，卫文公不肯接纳他，这才来到齐国。一个养尊处优的公子，十多年来寄人篱下，辗转奔波，甚至要向野人乞食，受尽了磨难。好在他到了齐国，齐桓公待他不错，不光给他娶妻，还赏了八十匹马，让他在这里安家。

好景不长，齐国发生了五子争位的内乱，齐桓公被活活饿死。虽然齐孝公即位后使齐国暂时稳定下来，但与齐桓公在时不可同日而语。此时的齐国，已非久留之地。此时不走，更待何时？狐偃、赵衰等随重耳逃亡的晋臣萌生了这个打算，便和重耳在桑树下商议，却不小心被正在树上采桑叶的侍女听到了。

侍女连忙将重耳要跑的消息报告给齐姜。齐姜得知后，心中喜忧参半。喜的是重耳没有被安逸的生活夺去志向；忧的是夫妻分离，只怕他这一走，此生都不会再见。

可是，为了重耳的前途，齐姜愿意做出牺牲。重耳既然要走，势必不能让齐孝公知道。为了防止消息泄漏，齐姜杀了给她报信的侍女，向重耳坦白：“大丈夫志在四方，你有远志，我愿意放你走。那个偷听你们商议的侍女，我已经把她杀了，请你放心。”

重耳惊讶得说不出话来。齐姜为了他的前途，不惜夫妻分离，还杀了自己的侍女。有妻如此，夫复何求！重耳陷入了矛盾，对齐姜支支吾吾道：“没……没有这回事，你不要多想。”

见重耳犹豫不决，齐姜劝道：“走吧！一味地留恋妻子，贪图安逸，当心败坏了你的前途和名声。”怎奈重耳此时打定了主意，坚持要留在齐国。

齐姜见重耳决定不走了，便去找狐偃他们商议对策。于是，在这天晚上，齐姜灌醉了重耳，让狐偃等人把他抬上马车，在夜幕的掩护下悄悄逃离。齐姜向西望去，马车渐渐消失不见。

重耳醒来后，发现自己躺在马车里，已在离开齐国的路上。事已至此，他只得继续向前赶路。一行人先后去了曹国、宋国、郑国、楚国，中间又经历了许多波折，最后才在秦国安居。此时晋惠公已死，重耳在秦穆公的支持下回国即位，是为晋文公。

晋文公即位后，重赏跟随他逃亡的功臣，将齐姜从齐国接回晋国。后来，晋文公励精图治，成为继齐桓公之后的又一位春秋霸主。

2. 杞梁妻哭夫

世人皆知孟姜女哭夫把长城哭塌，却鲜有人知这个传说源自春秋时期的一个真实故事。故事的主人公不叫孟姜女，而是齐国大夫杞梁的妻子。这还要从齐庄公伐莒国说起。

齐庄公恃勇好战，一心想挑战当时的中原霸主晋国。齐庄公四年(前550)，趁晋国发生内乱，齐庄公接连讨伐卫国和晋国，杀敌无数。他登上太行山，把晋军的尸体堆成一座小山丘，号称"京观"。凯旋途中，他又率军突袭莒国，却在战斗中大腿中箭，只得暂时下令退兵。

当天夜里，齐国大夫杞梁和另一位大夫华还（一作华周）奉命率少数甲兵通过地道进入莒国都城内。次日，他们直接与莒国国君阵前相遇。两人虽表现勇猛，但寡不敌众，结果都被莒人所杀，齐国不得不和莒国讲和。

齐庄公伐晋时意气风发，却在莒国碰了钉子，不得不灰溜溜地回到临淄。行至临淄郊外，见杞梁的妻子已在此等候，准备迎回丈夫的灵柩。齐庄公心烦意乱，哪有心情顾及这些，便打发使者去向杞梁的妻子吊唁。

吊唁是祭奠死者、慰问家属的礼节。杞梁身为齐国大夫，而且在战场上为国捐躯，按当时的礼制，国君应该亲自到死者家中吊唁，怎能在郊外草草了事？面对齐庄公的寡恩和无礼，杞梁的妻子强忍悲痛和愤怒，辞谢了替齐庄公来向她吊唁的使者，并正言道："如果杞梁有罪，何须劳烦国君派使者吊唁？如果杞梁无罪，先人的寒舍犹在，恕妾身不能接受郊外吊唁。"

齐庄公闻言，无可辩驳，只好亲自前往杞梁家中吊唁。

这个故事在《左传》中到此戛然而止，没有提及这位大夫遗孀后来的命运。《礼记》则引用曾子的话，说杞梁妻在路边迎接丈夫的灵柩而且哭得十分哀伤；《孟子》也引用淳于髡的话，说杞梁之妻哭夫变成了齐国的风俗。故事的重心已经从郊外吊唁偏移到杞梁妻哭夫上。

到了西汉，刘向的《列女传》补充了杞梁妻的结局。齐庄公到杞梁家中吊唁，礼成而去。杞梁夫妇没有儿子，两家也没有五服以内的亲属。杞梁的妻子无依无靠，便来到城墙下，靠着丈夫的灵柩放声痛哭。哭声悲切，激荡人心，过路众人无不为之动容流泪。她在那里哭了十天，城墙都承受不住了，竟至在哭声中坍塌。

对古代女子而言，人生的不幸莫过于中年丧夫，上无父亲可依，下无儿子可靠。埋葬杞梁之后，杞梁妻想到自己今后无所指望，便举身投入淄河，结束了令人绝望的人生。

唐朝诗僧贯休写了一首《杞梁妻》，诗云：

秦之无道兮四海枯，筑长城兮遮北胡。

筑人筑土一万里，杞梁贞妇啼呜呜。

上无父兮中无夫，下无子兮孤复孤。

一号城崩塞色苦，再号杞梁骨出土。

疲魂饥魄相逐归，陌上少年莫相非。

诗中写明，杞梁妻哭的不是临淄的城墙，而是秦长城；杞梁也从齐国大夫变为修长城的征夫。长城一塌，杞梁尸骨立现，诗中所述已与孟姜女的故事相当接近了。

孟姜女哭长城的传说在明代以后盛行。这时，杞梁妻成了孟姜女，杞梁成了万喜良（一作"范喜良"），又加入了新婚之夜万喜良就被抓去服役、孟姜女千里寻夫等细节。故事广为流传的同时又不断丰富，但也已经面目全非。

其实，无论是杞梁妻还是孟姜女、杞梁或是喜良，都是时代尘埃下的小人物。他们即便为国捐躯，在史书上也不过留下只字片语；她们就算把城哭塌、为夫殉节，赢得的也只是身后虚名。世殊时异，成败兴亡都成过眼云烟，唯有杞梁妻的哭声震撼古今，提醒世人莫忘百姓之苦。

3. 车夫之妻训夫

晏婴身为齐相，虽然力行节俭，可毕竟是高官，礼仪规格不能少。为晏婴驾车的车夫头顶伞盖，手执长鞭，驱赶着四匹高头大马，那感觉，别提有多爽了！

车夫干着自己喜欢的工作，下了班还有个娇妻等他回家吃饭，他觉得这样的人生相当圆满。可是他的妻子并不这样想。每当车夫驾车出门，她经常扒在门后窥探。只见她的丈夫身长八尺，意气风发，坐在马车上别提多神气了。且不论财富地位，给大名鼎鼎的国相晏婴驾车，那是何等的荣耀！如果是寻常女子，想到这些心里早就乐开了花。可偏偏她就是高兴不起来，总觉得哪里不对。

一天，车夫回到家，见妻子没有像往常一样迎接他，而是在里屋收拾东西，不由心生疑惑，问道："你这是做什么，要去哪里？"

"我不想和你过了！"妻子头也不抬，只顾打点行装。

车夫连忙上前拦住她，说道："好好的，为什么要走？"

妻子正色对他说道："晏子身长不满六尺，那可是一国之相，名显诸侯的人物，可是我每次见他外出，都是一副思虑慎重、谦恭有礼的样子。再看看你，一个身长八尺的男儿，给人家驾车，还天天趾高气扬，自以为了不起。论外貌，你比晏子是强一些，但论德行，却跟人家差了十万八千里！你这个小人得志的样子，别说让晏子看不起，我就第一个厌弃你，不如早离了好！"

车夫听罢，羞愧得满脸通红，扑通一声跪倒在妻子面前，哀求道："我知道错了，求求你不要走！我改，我以后再也不那样了。"

妻子见丈夫认错态度还行，又发誓痛改前非，决定再给他一次机会。

此后，车夫真的谦逊谨慎起来，再也不见往日的洋洋自得，简直像换了一个人。晏婴发现了车夫的变化，觉得很奇怪，就问他，车夫如实作了回答。

晏婴觉得，车夫的妻子能够发现丈夫的问题并及时规劝，而车夫又能虚心接受并改正错误，实在难能可贵。于是，晏婴就把车夫举荐给齐景公，齐景公封他做了大夫。

司马迁对晏婴赞赏有加，把这件事记录在《史记·管晏列传》里，还评论说："假如晏子尚在，我即使为他驾车，也很高兴、很向往！"

4. 虞姬进谏蒙冤

齐威王即位之初，贪图享乐，执政九年不理政事，全都交托给大臣处理。大臣之中有一个奸佞之徒，名叫周破胡，他擅势专权，嫉贤妒能。即墨大夫是个贤能之人，周破胡就天天诋毁人家；对于阿大夫那样的不肖之人，周破胡就天天为他说好话。奸臣相互勾结，沆瀣一气，搅得齐国内政一片污浊，边境频频遭受诸侯国侵犯。

国家如此混乱，连深居后宫的虞姬也看不下去了。

虞姬是齐威王身边的一个姬妾，芳名娟之。一天，她向齐威王进言道："那周破胡是个奸臣，专会阿谀诽谤，请国君务必罢免他。齐国有个北郭先生，贤明有道，可堪重用。"

齐威王听罢不置可否。很快，虞姬的话就传到了周破胡的耳朵里。

周破胡马上报复虞姬，他对齐威王说，虞姬以前在民间的时候，曾与北郭先生私通。齐威王闻言大怒，不由分说便把虞姬关押在九层之塔，准备交给有关部门细细查问。

为了把虞姬的罪名坐实，周破胡私下给了负责此案的官员一些好处，让他给虞姬定了罪，还伪造供词呈交给齐威王。齐威王看了供词后很生气，便把虞姬召来亲自审问。

虞姬无端受诬，身受刑狱之灾，如今终于得以面见齐威王，乃将满腹委屈娓娓道来："娟之出身平民之家，蒙大王垂爱，让我侍奉在侧，洒扫汤沐，至今已有十余年。谁知一片拳拳之心，为大王进献忠言，却遭奸臣陷害，被幽闭于九层高塔，不想今日还能再见到大王！"

齐威王问她："你可知罪？"

虞姬说道："娟之确实有罪。我听说玉石坠入泥淖而不被玷污，让柳下惠披衣避寒的女子不被视为淫乱。都说'瓜田不纳履，李下不正冠'，平日我自恃清白，以为可以不避嫌疑，这是我的第一大罪过。自蒙冤以后，任由有司颠倒黑白，我却不能为自己辩驳，有冤无处诉，这是我的第二大罪过。既然身负污名，加上这两条罪状，本不可再活，我之所以带着残破之躯苟活于世，是因为冤情未雪。何况自古以来就不乏蒙冤而死的人，我死不足惜，只是奸臣周破胡蒙蔽国君，国君若不明鉴，国家危矣！"

听了虞姬的辩解，齐威王如梦方醒，释放了虞姬，为她平冤昭雪。随即，他对即墨大夫予以封赏，烹杀了阿大夫与周破胡，齐国上下为之震悚。

齐威王不鸣则已，一鸣惊人，成就了一番伟业，这背后应当也有虞姬的一份功劳。虞姬心系国家，仗义执言，即便蒙冤受害，也依然保持自尊、力证清白，表现出女性的坚韧意志。

5. 钟离春智谏齐宣王

齐国有一个奇丑无比的女子，四十岁了还没嫁出去，却因见了齐宣王两次，就被立为王后，这究竟为何？

这个丑女，名叫钟离春，来自无盐邑（今山东省泰安市东平县），所以又称钟无盐，在后世戏曲中则被写作"钟无艳"。钟离春相貌丑陋无比，人们形容一个人相貌丑陋时常说"貌比无盐"，指的就是她。

一日，齐宣王正在渐台饮酒，听得宫人来报：有个从无盐来的丑女仰慕君王盛德，自请入后宫为妃。在座众人听了，无不掩口大笑，都说："此女脸皮之厚，真乃天下少有啊！"

齐宣王觉得有趣，便召她前来。只见她额头下凹，双目深陷，朝天鼻，大喉结，肥头秃发，折腰出胸，皮肤漆黑。她还没嫁人，肚子却大得跟孕妇一样。

齐宣王抑制住表情，故作正经地对她说："昔日先王为寡人纳妻，现后宫已满。夫人不愿屈尊于乡里布衣，却想嫁给万乘之国的君王，难道您有什么奇特的才能吗？"

钟离春面不改色，答道："我擅长说隐语。"

齐威王、齐宣王父子俩都喜好"隐语"，齐宣王就让她说一个试试。谁知钟离春一言不发，突然就不见了，说"隐语"变成了玩"隐身"。

第二天，齐宣王迫不及待地再次召见钟离春，问她昨天隐身是什么意思。钟离春没有回答，而是瞪大了眼睛，龇着牙，举手拍膝道："危险了危险了！"如此重复了四遍。

齐宣王依然不解，请她详细说来。钟离春说道："如今大王治下的齐国，西有秦国为患，南有强楚为仇，外有这两国与齐为难，内有奸臣聚集，众人不附。大王年已四十，还没立太子，一旦驾崩，社稷大乱，这是第一个危险；大王的渐台有五层之高，装饰耗尽了黄金白玉、翡翠珠宝，使百姓疲惫不堪，这是第二个危险；贤者隐于山林，阿谀谄媚之人立于大王左右，奸臣遍布朝堂，阻塞了忠言直谏之路，这是第三个危险；大王沉湎酒色，不分昼夜地寻欢作乐，对外不与诸侯国往来，对内不理国政，这是第四个危险。所以我说'危险了危险了'。"

齐宣王听了钟离春的一番话，长叹一声，说道："无盐君之言叫寡人痛心，这样的话寡人也是今天才听到啊！"

一声"无盐君"，道出了齐宣王对钟离春的由衷敬佩。此后，齐宣王痛改前非，拆除渐台，停止女乐，罢免奸臣，撤掉装饰，转而招兵买马，充实府库，打开国门，招贤纳士。同时，他又选定吉日，立了太子，还封钟离春为王后。

钟离春本是一个嫁不出去的丑女，一朝得君王赏识，登上了王后的宝座。没有人觉得她是麻雀变凤凰，反倒说她凭借自身的聪慧和胆识，为国家的安定做出了重要贡献。

除了钟离春，齐国后来还出了两个有名的丑女。一个是在东郭采桑的宿瘤女，因为脖子上长了大瘤子而得名。她在齐湣王面前不卑不亢，从容自得，被召进宫，立为王后；另一个是来自即墨的孤逐女，无父无母，多次遭邻里驱逐，却在与齐襄王交谈三日后，被齐襄王许配给当朝国相为妻。她们都不是红粉佳人，却能打破世俗的目光，自信地站在君王面前，勇敢而清晰地表达真知灼见，为自己开辟出一番新天地。

6. 田母退金

战国时期，齐宣王有个国相叫作田稷。此人虽曾任齐相，却不见于正史。所幸，他有一位深明大义的母亲，因母仪典范而在《列女传》上留名。

国相这样的高官，身边自然不乏阿谀奉承之辈，贿赂更是不可避免。有一天，田稷回到家，兴冲冲地拿出一百镒黄金献给母亲。

田母见了黄金，一点儿也不兴奋，反而有些不安，就问儿子："儿啊，你做国相三年，俸禄哪有这么多？这是从哪里得来的钱？"

在母亲面前，田稷不敢说谎，只好如实回答："下属官吏给的。"

田母很生气,批评田稷道:"我听说士人应该洁身自好,不做苟且之事;实事求是,不能诡诈虚伪;不义之事,不能记挂于心;不合情理的利益,不要带进家门;要言行一致,表里如一。这些你可都明白?"

田稷低下了头,说:"儿子明白。"

田母又说道:"如今你为人臣,侍奉君王,就像儿子对待父亲那样,一定要尽力竭能、诚信不欺、誓死效忠、廉洁公正,这样才能不招来祸患。可你呢,接受下属的贿赂,已经是不忠不孝了!不义之财,我不会收;不孝之子,我也不认。你走吧!"说罢,田母指了指房门,转过脸去,不再理他。

田稷见母亲震怒,不敢再说话,便拿上那些黄金,满脸羞惭地走出家门,找到馈赠之人退还了黄金,又来到齐宣王面前,跪倒在地,请求齐宣王治罪。

齐宣王大吃一惊,问他犯了什么罪。田稷便把受贿的经过和母亲的批评向齐宣王讲了一遍,请求罢免相位,将他处死。

齐宣王听罢,认为田稷虽然有罪,但已将贿金退还原主,还主动请罪,知错能改,善莫大焉!他更加赞许田稷的母亲深明大义。于是,齐宣王赦免了田稷,还拿出国库里的黄金赏赐给田稷的母亲,来嘉奖她的廉洁和教子有方。

田母不因亲情而违背原则,不被利益蒙蔽双眼,果断纠正儿子的错误,堪称为人父母的典范。

7. 君王后破解玉连环

战国末年，秦昭襄王派使者带着玉连环来到齐国，要把这件宝物献给齐国最尊贵的女人——君王后。

君王后可是个不寻常的女人，她是齐襄王的王后，齐王田建的母亲。齐襄王去世后，田建年幼，君王后便帮儿子坐镇，执掌朝政。君王后执政期间，对待秦国很谨慎，与其他诸侯国也很讲诚信，使齐国长期未受战争之苦。

秦昭襄王派人给君王后送来玉连环，到底安的什么心呢？

只见那玉连环晶莹剔透，环环相扣，浑然天成。君王后瞭了一眼玉连环，又看向秦国使者，问道："贵使远道而来，有何见教？"

使者答道："听说齐国多智者，不知能否解开此环？"

那玉连环是用一整块玉雕琢出来的，无榫无扣，哪里能解？秦昭襄王给齐国君臣出了个难题，意在观察齐国有没有智慧勇毅超群的人才。

君王后不动声色，叫人拿给群臣一一看过，群臣无人能解。

就在秦国使者要嘲笑齐国无人的时候，君王后开口道："老妇或许能解此环。"

只见她朝身边的宫人悄声吩咐了几句，宫人拿来一把锤子。君王后对准玉连环手起锤落，玉连环应声而碎。面对目瞪口呆的秦国使者，君王后笑道："贵使请看，这样不就解开了？"

君王后一锤子敲下去，维护了齐国的尊严，也让秦国人认识到，齐国的君王后不好对付。

齐王建十六年（前249），君王后病危。临终前，她对儿子田建说："群臣中某某人可以任用。"田建没有听清，让人拿来笔墨，请求君王后再说一遍，他好记下来。等准备好书写工具后，君王后却说："我已经忘了。"

君王后推荐大臣，身为齐王的田建却记不住，说明他对朝中大臣一无所知，还要用笔记下来。面对如此庸碌无能的儿子，君王后无语了。

君王后聪慧超群、胆识过人。她在世时，齐国安然无事；她去世之后，齐国朝政被她的兄弟后胜把持。后胜多次收受秦国的贿赂，怂恿齐王建降秦，最终使齐国不战而降，齐王建也被秦王嬴政囚禁在共地（今河南省新乡市辉县），活活饿死。

虽然齐国不战而亡，但君王后和田建执政期间，为齐国争取了将近半个世纪的和平，使齐国百姓免遭战火摧残，也属不易。

8. 颜文妻孝感灵泉

战国时期，齐国南部有一户人家，这家儿媳妇对婆婆十分孝顺。婆婆喜欢喝山泉水，儿媳妇就跑到很远的地方挑泉水给婆婆喝。长此以往，儿媳妇的孝心感动神灵，使她的屋子里出现了一个泉眼，泉水汩汩涌出。儿媳妇便偷偷拿缯笼盖在泉眼上，需要时打开取水，再也不用到很远的地方挑水了。

天长日久，婆婆有所怀疑，趁儿媳妇出门时翻遍了她的屋子，发现地上盖着个缉笼。打开一看，只见泉水喷涌而出，渐渐地淹了房舍，形成一条河流，因此得名"笼水"。

这个故事出自东晋末年郭缘生的《续述征记》和南北朝时期著名学者顾野王的《舆地志》。里面的孝妇不知其名，《舆地志》说她是战国时期齐人颜文的妻子，称"颜文妻"。然而到了唐代，李冗在《独异志》中写成了"颜文姜"。这大概因为"妻""姜"二字写法近似，李冗将《舆地志》里的"颜文妻"误写成"颜文姜"。于是，在此后的文献记载中，"孝妇"便叫"颜文姜"了。由于笼水出自今淄博市博山区，博山就成了齐国孝妇颜文姜的家乡，又名"颜神"，号称"孝乡"，笼水就是今天的孝妇河。

颜文姜的故事在清代已然成型，而且流传甚广，内容也不断丰富。除了文献记载，民间也有关于孝妇的传说。

相传博山神头有一户郭姓人家，老两口给儿子聘下了颜家的女儿做媳妇，名叫文姜。可还没等到娶亲，郭家儿子得了重病，眼看着奄奄一息。老两口为了"冲喜"，提前把颜文姜娶进门，希望能借喜事一冲，儿子的病就能好。

岂料，颜文姜刚嫁进郭家，还不到一个时辰，丈夫就病死了。喜事变成丧事，老两口悲伤不已。最可怜的还是颜文姜，一过门便成了寡妇，于是当地就有了"寅时娶进颜家女，卯时死了郭家郎"的俗语。

婆婆见冲喜没能留住儿子，便把颜文姜当成"扫帚星"，满腹怨气发泄在她身上。婆婆喜欢喝石马村的山泉水，就让颜文姜天天来回走二十里山路去石马挑水。就这样，婆婆还嫌活不够累，特意找人做了两只尖底水桶，防止颜文姜在路上放下水桶休息。

一天，颜文姜挑着两桶水回家，路上遇到一个牵着白马的白胡子老头。老头向颜文姜讨水给马喝，颜文姜欣然答应，让马喝前面桶里的水，留着后面桶里的水给公婆喝。等马喝完了水，白胡子老头送给颜文姜一条马鞭作为谢礼，叮嘱她："回家后将马鞭放到水缸里，用水时就把马鞭一提，千万不要全提出来，也不要让别人知道此事。"说完，老头和白马一下子都不见了。原来，这老头是天上的神仙，因为颜文姜的孝行感动上天，特意来帮助她。

回家后，颜文姜依言将马鞭放进水缸，想用水时就一提马鞭，水缸里果然盛满了水。从此，颜文姜再也不用辛辛苦苦地到石马挑水了。

婆婆见颜文姜很久不去挑水，家里却不缺水用，不禁心生疑窦。待颜文姜出门后，婆婆让女儿到颜文姜的房间里查看。女儿来到颜文姜的房间，揭开水缸的盖子，发现里面泡着一支马鞭，心下奇怪，便将马鞭提了出来。顿时，水缸里的水喷涌而出，一直流到大门外。

博山文姜广场上的颜文姜雕像

颜文姜还没走远，听到流水声，回头一看，家门口已是一片汪洋，屋里的水缸还在不断地向外冒水，公婆和小姑都在水里挣扎。她立即上前一手拉住公公，一手拉住婆婆，一脚钩住小姑子，然后一屁股坐到水缸上。终于，大水止住了，颜文姜和公婆、小姑都不见了。颜文姜坐的地方，出现了一个泉眼，泉水流淌，汇聚成河。

为了纪念颜文姜，博山百姓把那个泉眼叫作"颜娘泉"，又叫"灵泉""孝妇泉"；泉水汇成的那条河，叫作"孝妇河"。北周时期，人们在此地修建了"颜神庙"祭祀颜文姜。北宋熙宁八年，颜神庙扩建，宋神宗特封孝妇为"顺德夫人"，并赐"灵泉庙"为祠额。此庙经过历代修缮，就是今天的"颜文姜祠"，一直香火不绝。

考诸史籍，齐人颜文之妻孝感灵泉，是发生于战国时期齐国南部（今博山）的故事。淄博市博山区以山为名，又以水著称，民国《续修博山县志》记载的名泉就有四十五个。颜文姜祠一带的泉眼尤其多，如孝妇泉、大洪泉、雪浪泉、柳林泉等等，组成了神头泉群。在自然生态良好的两千多年前，如果恰在雨季，这一带人家的院落中突然冒出一股泉水，是完全有可能的。当时孝妇泉从颜家冒出，人们惊为神迹，因此附会成颜家媳妇孝感神明。

（四）奇人异事

1. 二桃杀三士

汉乐府诗中，有一首《梁甫吟》流传甚广，诗云：

> 步出齐城门，遥望荡阴里。
> 里中有三坟，累累正相似。
> 问是谁家墓，田疆古冶子。
> 力能排南山，文能绝地纪。
> 一朝被谗言，二桃杀三士。
> 谁能为此谋，国相齐晏子。

据《三国志》记载，诸葛亮隐居隆中、躬耕陇亩时，经常吟诵汉乐府曲辞《梁甫吟》，不知诸葛亮喜欢吟诵的《梁甫吟》是不是这一首。此诗吟咏的，是齐相晏婴"二桃杀三士"的著名故事。

这"三士"，指齐景公手下的三名勇士：公孙接、田开疆、古冶子。他们勇武有力，不讲礼仪，遭人忌惮。有一次，国相晏婴从他们面前经过，有意小步快速行走，以示对三人的尊敬，可他们却不起身回礼。这使重视礼治的晏婴感受到极大的危机。

晏婴于是向齐景公进言："这三个人上无君臣之义，下无长幼伦理，内不能指望他们平乱，外不能指望他们御敌，留着反而危害国家，不如除掉！"

齐景公也担心这三个勇士尾大不掉，带来后患。但这三个人力气太大，没有人能打得过，想除掉他们颇不容易。

齐景公正在踌躇，晏婴心生一计：这仨货四肢发达、头脑简单，那就给他们两个桃子，按功劳大小来分，那还不往死里争？

很快，齐景公赏赐的两个桃子端到三人面前，让他们分别表功，按功劳大小分食两个桃子。

这三位勇士虽然不讲礼仪，却很讲义气，又极为在意脸面。一听说按功劳大小来分桃吃，公孙接仰天长叹道："晏婴真是个聪明人啊！他让国君评价我们的功劳，谁得不到桃，就说明他没有勇气。我公孙接一出手就打死一只公野猪，再出手又打死一只母老虎，像我公孙接的功劳，自己应该吃一个，就不用跟别人分了。"说着拿起一个桃子，站到一边。

田开疆不甘示弱，说道："我手执兵器两次击退敌军，按我田开疆的功劳，应该自己单独吃一个，还用得着跟别人分吗？"说完也拿起一个桃子。

古冶子见他俩一人拿了一个桃，心下愤愤不平，说道："我曾和国君一起渡过黄河，有只两百斤的大鳖咬住车左边的马，潜到砥柱山的激流里，我立即潜到水中逆流走了一百步，顺流走了九里，将大鳖杀死。我左手抓着马尾，右手提着鳖头，如仙鹤一般跃出水面，周围的船夫看了，都以为河神现身。你们说说，像我古冶子的功劳，是不是也能单独吃一个？还不快把桃放回去！"说着便拔剑而起。

听完古冶子的诉说，公孙接、田开疆看看自己手中的桃子，羞愧得无地自容。他们对

三士冢

古冶子说："我们不及你勇敢，功劳也比不上你，还把桃子都拿走了，真是贪得无厌。都这样了还不以死谢罪，怎么配称为勇士！"两人说完，把桃子放了回去，然后拔剑自刎。

事情发生得突然，等到古冶子回过神来，那哥俩已倒在血泊中。见此惨景，古冶子苦笑着拿起一个桃子，心里又是悲痛，又是悔恨。古冶子把桃子放回去，举剑往脖颈上一横，地上多了第三具尸体。两个桃子还安然放在原处，仿佛这里发生的腥风血雨与它们毫无关系。

送桃的使者冷眼目睹了这一切，回到齐景公处禀报三人已死的消息，齐景公命人厚葬了他们。从此，临淄城东门外的荡阴里添了三座新坟，名曰"三士冢"。

汉代以后，"二桃杀三士"的故事广为流传，历代多有诗人吟咏此事，明代冯梦龙还将其改编为话本小说，收入《喻世明言》和《东周列国志》，加入了大量演义内容。时过境迁，无论是同情和叹惋三位勇士的遭遇，还是佩服或诟病晏婴的计谋，都是仁者见仁，智者见智。

2. 鬼谷子考徒弟

淄博市淄川区有个梓橦山，山脚有个小山洞，名叫鬼谷洞。洞内有五个石人坐像，分别是鬼谷子和苏秦、张仪、孙膑、庞涓。离洞不远有个"鬼谷泉"，泉水清冽。相传战国时期的旷世奇人鬼谷子，就曾在洞内修行。

淄博市淄川区梓橦山鬼谷洞

鬼谷子史有其人，名叫王诩，又名王蝉、王利，号鬼谷子。鬼谷子精通诸子百家之学，擅长纵横捭阖之术，是中国古代著名的思想家、谋略家、兵家、教育家。相传他著有《鬼谷子》《本经阴符七术》，被后人誉为"智慧禁果，旷世奇书"。在民间故事中，鬼谷子是一个被神化的世外高人。

据《史记》记载，战国时期纵横家的代表人物张仪、苏秦，都是鬼谷子的学生，并特别记载苏秦"东事师于齐，而习之于鬼谷先生"，说明鬼谷子在齐国隐居、授徒。明代冯梦龙的《东周列国志》说孙膑和庞涓也是鬼谷子的学生。鬼谷子教出的苏秦、张仪、孙膑、庞涓这四个学生，都成为当时的风云人物。还有记载说，战国后期的军事家尉缭子也是鬼谷子的学生。

相传孙膑和庞涓慕名来到梓橦山，欲拜鬼谷子为师。鬼谷子隐居山中，不愿轻易收徒，所以收徒的标准极高。正在洞中打坐的鬼谷子见孙膑和庞涓年纪虽轻，但举止不俗，拜师出乎至诚，心有所动，便给二人出了个考题，说："你们若能将我请到洞外，我就收你们为徒。"

庞涓一听，连忙又是叩头又是作揖，苦苦相求，好话说尽，但鬼谷子闭着眼睛，不为所动。庞涓情急之下，竟动起粗来，上前要将鬼谷子拉出去，结果发现身材瘦小的鬼谷子重如泰山，纹丝不动。

这时，冷眼旁观的孙膑说话了，他对鬼谷子说："我们虽然不能将先生请到洞外，但如果先生在洞外，我们就有办法将先生请到洞内。"

鬼谷子一听，睁眼看了看孙膑，心想："好，我倒要看看你有什么办法让我回到洞里。"于是，起身来到洞外。

孙膑一见，纳头便拜，说："先生同意收我们为徒了！"

鬼谷子这才意识到，孙膑一句话便把他"请"到了洞外，不禁暗暗佩服孙膑的机智，于是高兴地收二人为徒。

孙膑和庞涓跟随鬼谷子学习之时，鬼谷子经常借事考考他们，使他们增长智慧。有一次，二人正在烧火做饭，鬼谷子说："你们去找些不冒烟的柴火回来。"

什么柴火不冒烟呢？庞涓认为，柴火越干，烟就越少。他在树林中转来转去，发现了树上的鸟窝，鸟窝上的小木棒，自然干透了。于是庞涓上树将鸟窝拆了，将鸟窝的草木带回去，一烧，却仍然有烟。

孙膑则找了些湿木头放在窑里烧，烧成木炭后，再用木炭做饭，木炭果然不冒烟了。鬼谷子看了，连连点头叫好。

不久，鬼谷子又给二人出了一道难题。他指着山上的大青石说："你们能用这些石头来和泥吗？和得越黏越好。"

庞涓想，石头这么硬，怎么可能用来和泥呢？必须将石头磨成石粉才行。于是他将大石头砸成小石块，再将小石块砸碎，然后碾磨成石粉，过筛后，加上水，费了九牛二虎之力，终于可以用来和成泥了。

孙膑则将石头放进窑里煅烧，将石头烧成了石灰，加上水，于是变得又黏又稠。鬼谷子见状，不由啧啧称奇。

如此说来，我们现在还在使用的木炭和石灰，都是孙膑发明的。当然，这只是民间传说，不可当真。

通过几次考试，孙膑每次都完胜庞涓，令庞涓妒火中烧，耿耿于怀。两人学成下山后，上演了一场孙庞斗智的历史大戏。

鬼谷子则继续在山中隐居，不知所终。

需要说明的是，鬼谷子是哪里人，在哪里隐居，一直众说纷纭。关于他的籍贯，目前有五种说法：河南登封、陕西三原、湖北远安、湖南大庸、山东蒙山。关于他的隐居地，目前有山东淄博、河南登封、洛阳，陕西泾阳，湖北当阳，湖南张家界天门山等说法。但鬼谷子在齐国授徒，是《史记·苏秦列传》里明确记载的，又有梓橦山鬼谷洞为证，较为可信。

3. 孟尝君虎口脱险

孟尝君名叫田文，是靖郭君田婴的儿子、齐威王的孙子。孟尝君以善于养门客而闻名天下，是大名鼎鼎的"战国四公子"之首。孟尝君养门客有一个特点，就是来者不拒。只要有人投奔他，无论身份、才能如何，他都会收留并厚待他们。于是投奔孟尝君的人越来越多，门客数量达到了三千人的规模，其中不乏身怀绝技的奇人异士。

齐湣王二年（前 299），秦昭襄王有意与齐国强强联手，便把自己的弟弟送到齐国做人质，以此换取孟尝君入秦为相。可是等孟尝君带领门客到了秦国以后，秦国大臣却建议秦昭襄王趁机除掉孟尝君，理由是孟尝君是齐国宗室，就算当了秦相，也不会真心为秦国出力。秦昭襄王认为有道理，但孟尝君的名气太大，身份特殊，不敢贸然诛杀孟尝君，于是就把孟尝君软禁起来。

孟尝君听说此事后，便想贿赂秦王宠姬，让她劝说秦王放过自己。他派门客携带一双价值连城的玉璧去送给秦王宠姬，可秦王宠姬却说她看中了孟尝君刚到秦国时送给秦昭襄王的那件狐皮白裘，让孟尝君再送她一件。可是，这件狐皮白裘只有一件，孟尝君已经送给了秦昭襄王，现在被收藏在府库中。

正在孟尝君一筹莫展之际，一位门客说，他能把那件白裘从秦王府库里偷出来。孟尝君问他怎么个偷法，他回答说："钻狗洞进去，然后学狗叫掩饰行迹。"孟尝君认为可行，就派他去了。

那位门客果然不负众望，顺利地从秦王府库中偷出了狐皮白裘。孟尝君把狐皮白裘送给了秦王宠姬，秦王宠姬于是对秦昭襄王说："孟尝君贤名满天下，又是齐王的堂兄、齐国的国相，杀了他肯定会得罪齐国。再说，孟尝君是大王您邀请来秦国担任国相的，如果背信弃义把他杀了，以后谁还敢来投奔大王？"秦昭王认为言之有理，就同意放孟尝君回国。

孟尝君怕秦昭王改变主意，于是与一众门客连夜驾车起行。为了以防万一，孟尝君一行还改名换姓，并让门客伪造了通关文牒。孟尝君一行顺利通过各个城门关口，一路狂奔到函谷关下。

孟尝君走后，秦昭襄王又后悔了，于是派兵追赶。此时已经是深夜，函谷关的城门已经关闭，按照秦国的规定，只有等到天亮以后，城门才会打开。如果等到天亮，追兵可能就到了。多等一刻就多一分危险！孟尝君正彷徨间，忽然，孟尝君的队伍里发出一声尖锐的公鸡鸣叫声——原来是一位门客正在模仿鸡叫，他发出的鸡叫声十分逼真，使函谷关守城门的士兵以为天亮了，就打开了城门。孟尝君一行人见状，驾车疾驰而出。等到追兵到达函谷关时，孟尝君一行人已经走远了。

就这样，在两位"鸡鸣狗盗"之徒的帮助下，孟尝君总算虎口脱险，回到了齐国。

孟尝君脱险的故事，给后世留下了"鸡鸣狗盗"这个成语。虽说这个成语多为贬义，常用来比喻微不足道的本领或偷偷摸摸的行为，但孟尝君在生死攸关之际，毕竟依靠"鸡鸣狗盗"

逃过一劫。"鸡鸣狗盗"固然算不得大能耐，但在关键时刻却能发挥大作用，不可等闲视之。这个故事也告诉后人：用人所长，容人所短，做到人尽其才，则天下就没有无用之人。

4."狡兔三窟"赖冯谖

孟尝君在"鸡鸣狗盗"的帮助下从秦国死里逃生回到齐国，继续担任齐相。之后，他对自己的门客更加客气，几乎达到了有求必应的地步，而且收留门客时来者不拒。只是这样一来，他供养门客的花销就更大了。为了增加收入，他派人在他的封地薛邑放起了高利贷。

有个齐国人叫冯谖，家里很穷，听说孟尝君养门客来者不拒，就找到孟尝君，表示要到孟尝君这里吃白食。孟尝君问他有什么爱好，他说没有；问他有什么才能，他也说没有。孟尝君淡淡一笑，仍然收留了他。下人见孟尝君轻视冯谖，就给他吃粗茶淡饭。

过了几天，冯谖倚着柱子，用手指弹着自己随身佩带的长剑，唱起了歌："长铗归来乎，食无鱼。"意思是：长剑啊我们回去吧，这里的饭食连鱼都没有！

孟尝君听说后，就吩咐下人在供给他的饮食里增加了鱼。

过了几天，冯谖又弹剑唱道："长铗归来乎，出无舆。"意思是：长剑啊我们回去吧，我外出没有车！

下人们都取笑冯谖没有自知之明，孟尝君仍然吩咐下人给冯谖配上马车。

可是没过几天，冯谖又弹剑唱道："长铗归来乎，无以为家。"意思是：长剑啊我们回去吧，没有地方可以成为我的家！

下人们都厌恶他贪得无厌，孟尝君却很客气地问他家里还有什么人，冯谖说还有老母亲，孟尝君就派人定时给他母亲送去吃穿用度。后来冯谖就不再弹剑而歌了。

不久，孟尝君要选派得力门客到封地薛邑去收高利贷，冯谖表示愿意效劳，孟尝君很高兴地答应了。冯谖问道："等收完了账，需要给您买点什么回来吗？"孟尝君回答说："你看我这里缺什么，就给我买点什么吧！"

到了薛邑，冯谖把所有欠高利贷的人召集起来，核对好他们的债券后，就把债券送给他们，让他们自己烧掉，不但没有收他们的利息，连本钱也不用他们还了。办完这事，冯谖返回临淄。

孟尝君听说冯谖这么快就回来，心里很疑惑，便召见冯谖，问："冯先生，债都收完了？怎么这么快啊！"

冯谖回答说："收完了！"

"那你买什么了吗？"

冯谖回答说："您不是让臣看看您家缺什么就买点什么回来吗？臣一想，您家里珍宝堆积如山，名马良犬充满槽厩，美女也不计其数，什么也不缺，唯独缺'义'，所以臣就自作主张给您买了'义'。"

孟尝君心中疑惑，笑道："先生说笑了，'义'看不见摸不着的，怎么买？"

冯谖说："如今您的封地只有一个小小的薛邑，可是您非但不爱护薛邑的百姓，反而趁他们困难的时候向他们放高利贷。所以我谎称您的命令，把债券都烧掉了，他们都高呼万岁，这就是臣给您买的'义'！"

位于滕州市官桥镇的孟尝君墓

孟尝君哭笑不得，心想："这个'义'也太贵了点吧！那可是连本带利一整年的高利贷收益啊！"但事已至此，孟尝君只好说："好，先生辛苦了，回去休息吧。"

转眼到了齐湣王七年（前294），齐湣王因忌惮孟尝君功高震主而罢免了他的相位，孟尝君只好带领家人门客返回封地薛邑。孟尝君的车队在离薛邑还有百里之遥的时候，薛邑百姓扶老携幼地迎了上来，他们在道路两边纷纷跪下向孟尝君表达敬意，孟尝君一下子明白了冯谖给他买"义"的深意，于是诚恳地对冯谖说："先生，您为我买的'义'，我今天才真正看到了！"

冯谖说："狡猾的兔子为自己经营三个洞穴，才能仅仅免于被杀。如今您虽然有了薛邑这个洞穴，但远远不能高枕无忧。我想给您再凿出两个洞穴来。"

孟尝君按照冯谖的要求，为他准备了五十辆马车，让他携带五百斤黄金，到魏国去游说魏王，魏王于是空出国相的位置，派使者三番五次到薛邑聘请孟尝君担任魏相。齐湣王听说此事后，害怕孟尝君被魏国挖走，于是派人携带重金厚礼去请孟尝君回临淄复任国相。齐湣王还亲自写信向孟尝君道歉，说自己一时糊涂，听信谗言，得罪了孟尝君，希望孟尝君能够回临淄重新担任齐相。

孟尝君当然知道齐湣王只是怕自己投靠魏国才说这些客套话，内心并不希望他再掌大权，于是便问冯谖如何回复。冯谖说："大王已对您起疑，国相自然不能再任，但如果直接回绝大王的话，他便会怀疑您对齐国不忠。依臣之见，您不妨向大王请求祭祀先王的祭器，让大王允许您在薛邑建立宗庙。一来，可以向大王表明您顾念血缘亲情，忠于齐国；二来，将来薛邑一旦有难，大王顾念有宗庙在薛，也不得不前来救援。"

孟尝君依计行事。不久宗庙建成，冯谖对孟尝君说："三个洞穴已经凿好了，您可以高枕无忧了！"

从此，就有了一个著名的成语典故——狡兔三窟。

5. 扁鹊的医术是怎样炼成的

战国时期，齐国出了一位名医，叫作秦越人。他的医术非常高明，因此人们都称呼他为"扁鹊"。"扁鹊"本是传说中黄帝时代的"神医"，"扁鹊"应读作"翩鹊"，意为"翩翩飞来的喜鹊"，将给病人带来健康吉祥。人们称呼秦越人为"扁鹊"，意在比喻其医术高超。

扁鹊年轻的时候，为别人经营一家客栈。客栈中有个常客，叫长桑君。扁鹊认为长桑君是个奇人，对他很照顾，而长桑君通过相处也知道扁鹊不是普通人。他们交往了十几年后，一天，长桑君对扁鹊说："我有一项绝密的医术，我年老了，想把它传给你，你不要泄露出去。"扁鹊说："遵命！"长桑君于是从怀里拿出一种药送给扁鹊，并嘱咐他说："你用上池之水把它喝下去，三十天之后就能看到一般人看不到的东西。"又把他所有的医书都送给扁鹊，然后一下子消失不见了。

长桑君所说的"上池之水"，就是取自竹木之上的水，即露水。扁鹊按照长桑君的吩咐把药喝下去，三十天之后，果然能够看到墙垣另一边的人。有了这双"透视眼"，扁鹊便可以轻松地看到人体之内脏腑经脉的运行情况。再加上他努力研读长桑君给他留下的医书，掌握了丰富的医学理论和诊疗方法，于是开始四处给人治疗疑难杂症，很快成为一位名医。为了信守对长桑君许下的承诺，扁鹊从不对人说起自己有"透视"的特异功能，只是说自己精通诊脉。

与《史记》所载扁鹊的医术传自长桑君不同的是，《鹖冠子·世贤第十六》说扁鹊兄弟三人都是良医。魏文侯问扁鹊："你们兄弟三人，谁的医术最高？"扁鹊回答说："长兄最善，中兄次之，扁鹊最为下。"

扁鹊解释说，在病症还没在人体上表现出来的时候，他的大哥就能诊断出来，防患于未然，因此名气未出家门；当人的病症刚刚表现出来的时候，他的二哥就药到病除了，因此名气未出闾巷；他自己则是在人的病症已经表现到肌肤上的时候，又是针灸又是开药才能给人治好，因此名闻于诸侯。

按照这个说法，扁鹊兄弟三人皆从医，而且皆为良医，扁

汉画像石上的扁鹊行医图

鹊自称其医术最差。如果扁鹊的神奇医术是长桑君传授的，那么他两个哥哥的医术又是谁传授的呢？

秦越人因为喝了神药使自己的眼睛有了"透视"功能，这个神奇经历当然荒诞无稽，但他在十余年间得到长桑君传授医术，却是有可能的。

扁鹊从长桑君那里学得医术后，四处云游行医，在齐国称"卢医"，在赵国称"扁鹊"。他是个无所不能的全科大夫，到邯郸变为妇科大夫，到洛阳变为五官科大夫，到咸阳又变为小儿科大夫……他能够根据所到之处人们的需要而变换角色。他的足迹，遍及齐、赵、魏、秦等国。或许，在常年行医过程中，扁鹊积累了丰富的医疗经验，医术越来越高，名气越来越大。扁鹊在秦国行医时，秦国太医令李醯自知医术不如扁鹊，竟派人将扁鹊刺杀了。

扁鹊的医术令人称奇，其学医经历也令人称奇，最奇的是他的活动时间，从他诊赵简子，到见秦武王，相隔一百九十年。

加上他学医前的年纪，他的活动时间长达二百多年，这显然是不可能的。其真相如何，尚待史家进一步考证。

6. 扁鹊见齐桓侯

田齐桓公十八年（前357），云游四方、治病救人的"神医"扁鹊再次踏上了齐国的土地。

齐桓公田午早就知道齐国出了个能起死回生的"神医"，听说"神医"回来了，便派人召他进宫晋见，想看看这个大名鼎鼎的"神医"到底是什么样子。

在齐威王称王之前，齐国名义上还是周王朝的诸侯国，为侯爵，故《史记·扁鹊仓公列传》称齐桓公为"齐桓侯"，大概为了区别春秋首霸齐桓公吕小白。

扁鹊一见齐桓侯，便盯着他看了许久，说："您有小病在皮肤表面，如果不治疗的话，病会往深处走。"

齐桓侯自认为年富力强，并且没有感到身上哪里不舒服，认为扁鹊是在危言耸听，于是不以为然地说："寡人没有病。"

扁鹊于是告辞而去。扁鹊走后，齐桓侯对左右近臣说："这些当医生的就喜欢治疗那些本来就没有病的人，把治好无病之人根本就不存在的病当作自己的功劳。"

过了五天，扁鹊再来拜见齐桓侯，说："国君的疾病已到血脉当中，如果不医治，恐怕病情会更加严重。"

齐桓侯闻言，很不高兴，不耐烦地说："我没有病！"

又过了五天，扁鹊又去见桓侯，说："国君的疾病已到了肠胃里，如果不医治，必将更加严重。"

这一次，齐桓侯将头转向另一边，懒得再搭理扁鹊。扁鹊见齐桓侯不理睬他，只好告辞。

扁鹊走后，齐桓侯更加不高兴。

又过了五天，扁鹊又去见齐桓侯。他一望见齐桓侯，掉头就走。

齐桓侯见状，感到很惊讶，就派人去问扁鹊为什么扭头就走。扁鹊对来人说："疾病在皮肤的时候，用热敷就可以医治；在血脉的时候，用针灸就可以医治；在肠胃的时候，用药酒还可以医治；等疾病深入到骨髓里，那就无可救药了。而今，国君的疾病已经进入骨髓了，所以我不再请求给他医治了。"

过了五天，齐桓侯果然发病，这才认识到扁鹊所言是对的，赶紧派人去找扁鹊，不料扁鹊已经逃走了。不久，齐桓侯便病死了。

扁鹊见齐桓侯的故事，可能只是一则寓言，未必是历史上真实发生的事件。故事的价值，在于它说明了一个"讳疾忌医"的道理，教育人们生了病，要及早去看医生；犯了错误，要虚心接受批评，勇于改正。

（五）娱乐盛行

1. 孔子在齐闻《韶》

齐景公三十一年（前517），齐都临淄城高昭子（即齐国上卿高张）的府邸中，孔子正在闭目聆听齐太师演奏的乐曲。

就在数月之前，鲁国发生内乱，鲁昭公被鲁国贵族"三桓"（指鲁桓公的三支后裔：孟孙氏、叔孙氏、季孙氏）的军队击败，被迫逃往齐国避难。忠君爱国的孔子此时虽然是一介平民，但十分痛恨"三桓"这样的乱臣贼子，不愿继续留在"三桓"掌权的鲁国，便来到了鲁昭公避难的齐国寻找入仕机会。此时孔子已收徒授业达五年之久，学问越来越好，名气也越来越大，不过平民身份仍是阻碍他直接面见齐景公的鸿沟。幸运的是，齐国上卿高昭子是个爱才之人，他见孔子博学多才，便收留他做了家臣。这一天，齐太师（齐国乐官之长）来到高昭子府中向他请示下次宫廷乐舞的细节安排问题，高昭子便请精通音律乐舞的孔子与齐太师商量。

曲高和寡，知音难觅，孔子与齐太师一见如故，越聊越投机。齐太师聊到兴奋处，情不自禁地为孔子演奏起了《韶》乐。

相传《韶》乐是大舜所创，用来歌颂帝尧的圣德，以后便被用作等级最高的宫廷雅乐，只有天子才有资格享用。当年鲁国始封君周公旦因为有辅佐武王、成王的大功，所以周天子特别批准鲁国国君可以使用天子规格的礼乐。而齐国作为当年大舜统治的核心地带，《韶》乐在此地并未失传，齐太师便是《韶》乐的传承人。也正是这种机缘巧合，才让身为平民的孔子在齐国听到了传说中的《韶》乐。

孔子闭目凝神而听，生怕遗漏一个音符。《韶》乐那恢宏的气势，磅礴的旋律，震撼人心的节奏，使孔子听得如痴如醉。

那一刻的美好似乎在他心中定格成了永恒，他不禁赞叹道："尽美矣，又尽善也！"此后在长达三个月的时间里，孔子茶不思饭不想，即使是吃肉也感觉无滋无味，仍

临淄孔子闻《韶》处

沉浸在《韶》乐的优美旋律里。这件事被传为天下美谈，给后世留下了"子在齐闻《韶》，三月不知肉味"的典故。

2. 田忌赛马

齐威王四年（前353），临淄城郊赛马场边的酒宴上，齐国大将田忌面色沮丧，显然，这次赛马他又输了。齐威王得意扬扬，笑着说："田将军，这次你总该服输了吧？"

原来，齐国是养马大国，齐国上层贵族之中盛行赛马游戏，齐威王和田忌都是赛马的爱好者。田忌经常与齐威王以及齐国宗室权贵赛马，都是互有胜负。最近，齐威王的马总是胜出，田忌已经连续输给他三次了。

田忌快快不乐地回到府中，唉声叹气地在庭院里绕圈子。"田将军，您遇到什么糟心事了？"田忌抬头一看，原来是自己新收的门客孙膑坐在小车中，被人推着来到了庭院中。

孙膑是"兵圣"孙武的后代，曾与魏国大将庞涓一同求学于世外高人鬼谷子，学习兵法韬略。庞涓学成出山后，很快在魏国建功立业，成为魏军主帅。他深知孙膑的才能比自己高，害怕孙膑出山后把自己比下去，于是就把孙膑骗到魏国，然后捏造罪名陷害他，使魏王下令对孙膑处以膑刑（挖去双腿的膝盖骨）和黥刑（在脸上刺字）。本来庞涓还想进一步捏造罪名杀掉孙膑，好在孙膑遇到了出使魏国的齐国使者，齐国使者见孙膑确实是个难得的人才，又可怜他的遭遇，于是答应他的请求，暗中把他带回了齐国，并把他推荐给田忌，于是孙膑就在田忌府中住了下来，成了田忌的门客。

"孙先生，你可得帮帮我了！"田忌对孙膑说起与齐威王赛马的事，孙膑听罢，对田忌耳语几句，田忌露出恍然大悟的神情，不禁喜形于色。

五天之后的城郊赛马场上，比赛即将开始。

那时的赛马其实是赛车，四匹马拉一辆车，称一"驷"，由车夫驾车比赛车行速度。规则是双方各选出上、中、下三个等级的四匹马拉车，上驷对上驷，中驷对中驷，下驷对下驷，以先跑到终点为胜，连赛三局，三局两胜者可赢得千金。

第一局比赛开始后，齐威王的马车远远地把田忌的马车甩在了身后，轻松地赢得了胜利。可是令他意想不到的是，后面两局比赛，田忌的马有如神助，连扳两局，三比两胜，赢得了比赛。赛后，田忌赢了齐威王千金。

　　齐威王对田忌说："恭喜啊田将军！你今天真是有如神助啊！"田忌道："臣不敢欺瞒大王，臣今天能够侥幸获胜，全是因为听了孙先生的计策。"

　　齐威王问："孙先生给你出了什么计策啊？"

　　田忌说："孙先生见臣的三个等级的马都分别输给了大王的马，就让臣调整了马的出场顺序，让臣的下驷对大王的上驷，让臣的中驷对大王的下驷，让臣的上驷对大王的中驷。这样一来，臣的下驷虽然必输无疑，但臣的上驷和中驷却都能获胜。"

　　齐威王一听，恍然大悟，笑道："像孙先生这样的大才，你怎么没早推荐给寡人啊？"

　　田忌便把孙膑的身世和遭遇向齐威王详细地讲了一遍，齐威王立即想任命孙膑为将军，孙膑连忙推辞说："不，大王，孙膑身有残疾，若为将帅，定叫天下笑我齐国无人。田忌将军身经百战，屡建大功，是主将的不二人选。"

　　齐威王于是仍以田忌为将军，任命孙膑为军师，并吩咐田忌在出兵作战时多听从孙膑的意见。后来孙膑果然不负齐威王所望，屡出奇计，帮助齐军取得了桂陵之战和马陵之战两场大胜，成就了齐威王的霸业，而"田忌赛马"也成了后人津津乐道的故事。

3. 足球溯源话蹴鞠

2004 年 7 月 15 日，第三届中国国际足球博览会在北京开幕，时任亚足联秘书长维拉潘代表国际足联和亚足联在之后召开的足球起源新闻发布会上正式宣布："足球回到故乡，准确地说，国际足联一百年发展中，我们对足球历史的研究发现：足球，起源于中国一个叫临淄的城市。"

这是因为，经学者们考证，现代足球其实源自中国古代的蹴鞠。

"蹴"是用脚踢，"鞠"是用皮革制成的球，"蹴鞠"实际上就是中国古代的足球。

相传蹴鞠这项运动是黄帝发明的。汉代学者刘向在《别录》中写道："蹴鞠者，传言黄帝所作，或曰起战国之时。"传说毕竟太过遥远，现存史料证明"蹴鞠"起源于战国时期的齐都临淄。《战国策·齐策四》和《史记·苏秦列传》均记载了苏秦游说齐宣王时提到的临淄城的繁华景象："临菑甚富而实，其民无不吹竽、鼓瑟，击筑、弹琴，斗鸡、走狗，六博、蹋鞠者；临菑之涂，车毂击，人肩摩，连衽成帷，举袂成幕，挥汗成雨，家殷人足，志高气扬。"

"蹋鞠"就是蹴鞠。这条史料不但为蹴鞠起源于临淄提供了依据，也同时解释了蹴鞠起源于临淄的原因：临淄人太富有了，他们有充足时间和精力从事各种各样的娱乐活动。

到了汉代，蹴鞠在齐地仍然十分流行。据《史记·扁鹊仓公列传》记载，齐地名医淳于意曾为一个名叫项处的人看病，诊断完成后，淳于意特意嘱咐项处不要从事太耗费体力的活动，但项处竟然去蹴鞠，结果因为劳累再次病倒，最终丧命。

汉高祖刘邦的父亲刘太公年轻的时候就酷爱斗鸡、蹴鞠，刘邦称帝后，把他接到长安后，他闷闷不乐，很怀念过去的生活，于是刘邦干脆把刘太公的老邻居、老玩伴从老家迁到了长安，还照着老家丰邑的样子，在长安附近新建了一座一模一样的城邑，叫作"新丰"。刘太公就像回到了家乡一样，跟老伙计们一起斗鸡蹴鞠，重新找到了生活的乐趣。

汉武帝十分喜爱蹴鞠，曾命他的御用文人枚皋作赋记兴，汉武帝也经常与宠臣董偃在皇宫中观看斗鸡、蹴鞠表演。汉武帝的大将霍去病也是个蹴鞠爱好者。有一次，霍去病带兵出塞征讨匈奴，士兵粮食不够吃，有的饿得都站不起来了，可是霍去病仍然命人在地上画好蹴鞠场地，让士兵们陪着自己蹴鞠。

最早的蹴鞠运动规则与现代足球类似，都是分队进行对抗，把球踢进对方的球门。古代的蹴鞠是用毛发填充皮革制成的实心球，重量不轻，再加上这种直接对抗的形式十分激烈，所以可以应用于军队士兵的体力训练。

到了唐代，制球技术得到改进，蹴鞠由毛发填充的实心球变成了由动物尿囊充气做内胆的"气毬"，重量大为减轻，外形也更加接近圆形。随着球身重量的减轻和弹性的增强，蹴鞠运动出现了一种新形式：楄球。楄指门窗上用木条做成的格子。"楄球"就是在场地中间立一个带格子的门，两边分别把球踢过格子到对面的一种形式，这就是所谓的单球门蹴鞠。除此之

元代钱选《宋太祖蹴鞠图》，现藏上海博物馆

外，还有一种更受欢迎的蹴鞠形式——白打，即蹴鞠技术表演，用头、肩、背、腹、膝、足等部位接触球，灵活变化，随心所欲，可使球终日不坠。宋太祖赵匡胤就是白打的高手，传世的《宋太祖蹴鞠图》就描绘了宋太祖赵匡胤与宋太宗赵光义玩白打，赵普、楚昭辅、党进、石守信四位开国元勋从旁观看的场景。宋徽宗赵佶与高俅也是白打的高手，高俅正是在宋徽宗玩白打时显露出高明的球艺，才成为其玩伴的。

宋代是商品经济高度发达的时代，蹴鞠也被商业化了，社会上存在大批以蹴鞠为生的职业鞠客，鞠客们自发地成立了行业协会，被称为"圆社"，他们自己则称之为"齐云社"。齐云社制定了很多行业规则来维护鞠客的利益，也承担着传承蹴鞠技艺，评定鞠客球技等级等实际职能，为蹴鞠的发展做出了贡献。

随着丝绸之路的开通，蹴鞠沿着丝绸之路传到了阿拉伯地区，再由阿拉伯人传到欧洲，在英国发展成为现代足球运动。沿着海上丝绸之路，蹴鞠则向东传播到了朝鲜半岛和日本。

蹴鞠走向世界之时，在中国却逐渐式微。由于宋明理学的影响，到元、明、清三代，蹴鞠被视为"奇淫巧技"而被朝廷明令禁止。清代中叶以后，随着西方现代足球的传入，中国传统的蹴鞠基本上被现代足球所取代，而踢毽子则成为"蹴鞠之遗事"。

而今，随着足球运动的普及，现代足球的前身——蹴鞠也引起了世人的浓厚兴趣。2005 年 5 月 20 日，在瑞士苏黎世举行的国际足联百年庆典闭幕式上，时任国际足联主席布拉特为临淄颁发了"足球起源地"证书。齐国故都临淄，因为蹴鞠，又增加了一道靓丽的光环。

参考文献

[1] 王志民主编：《齐文化概论》，山东人民出版社1993年版。

[2] 王志民主编，仝晰纲、王耀祖编：《姜太公资料汇编》，山东文艺出版社2007年版。

[3] 赵蔚芝主编：《稷下学宫资料汇编》，山东教育出版社1989年版。

[4] 刘蔚华、苗润田著：《稷下学史》，中国广播电视出版社1992年版。

[5] 李玉洁著：《齐国史》，新华出版社2007年版。

[6] 郑峰主编：《淄博民间故事大全》，山东文艺出版社2004年版。

[7] 任传斗主编：《齐文化简明读本》，齐鲁书社2019年版。

[8] 任传斗、毕雪峰主编：《齐文化要义》，齐鲁书社2020年版。

[9] 任传斗著：《齐相今说》，天津古籍出版社2021年版。

［10］ 岳长志、马国庆著：《中国蹴鞠》，山东友谊出版社 2014 年版。

［11］ 武振伟著：《齐国国君评传》，山东人民出版社 2022 年版。

［12］ 李钟琴著：《历代经典百战述评》，时代文艺出版社 2021 年版。

［13］ 李钟琴、武振伟著：《泱泱齐风》，吉林文史出版社 2018 年版。

［14］ 郭丽著：《齐国成语典故今读》，九州出版社 2017 年版。

［15］ 刘洁著：《〈列女传〉的史源学考察》，人民出版社 2016 年版。

后　记

　　《丛书》的编纂，是在山东省委宣传部直接领导下完成的。省委常委、宣传部部长白玉刚同志统筹策划部署，并担任编委会主任，多次主持召开编委会会议，提出明确目标要求和指导意见。省委宣传部分管日常工作的副部长、省文明办主任、省新闻办主任袭艳春同志对本书的立项出版、风格设计等方面提出了许多宝贵意见。在魏长民、毕司东、程守田、张同海、冷兴邦等同志的大力指导支持下，以教育部人文社科重点研究基地山东师范大学齐鲁文化研究院为学术挂靠单位，组建了《丛书》编纂学术委员会，具体负责编纂工作。山东师范大学特聘资深教授王志民任主任，山东大学儒学高等研究院教授杨朝明、中共山东省委党史研究院原一级巡视员韩延明、鲁东大学原副校长刘焕阳任副主任，全省相关高校、科研单位的15名学者为委员。

　　编纂过程中，《丛书》被列为山东省社科规划3个重大委托项目和16个一般项目。杨朝明为传统文化重大项目组首席专家，韩延明为红色文化重大项目组首席专家，刘焕阳为河海文化重大项目组首席专家。编委会经反复研讨，制定了《编撰体例》《编撰指导意见》；在省委宣传部支持下，采取主任统一领导与首席专家具体负责相结合的方式，认真落实各卷主编为质量第一责任人、首席专家和学术委员为主要质量把关人的运作机制；多次召开线上与线下、全体与分组相结合的研讨会，对提纲设计、样稿研讨、通稿审稿等关键环节，深入研讨、反复审议，编委会与全体编纂人员团结合作、齐心协力，付出了艰辛劳动。山东文艺出版社提前介入，对编纂工作和撰稿体例等提出了许多宝贵意见。在此，我们谨向为《丛书》编纂付出心血的各位领导、专家、作者和所有相关同志们表示诚挚感谢！

本册编纂，得到首席专家杨朝明教授和学术委员耿振东教授、宋立林教授、刘德增教授、刘续兵教授、周郢教授的悉心指导，并得到淄博市委宣传部的大力支持。淄博市推进中华优秀传统文化"两创"工作领导小组学术研究指挥部总指挥任传斗先生、齐文化研究院院长毕雪峰先生、山东根德文化产业有限公司总经理张方明先生、齐文化研究院副研究员武振伟先生对本册亦有贡献。主编李钟琴研究员全面负责本册的编纂工作。具体撰稿分工如下：李钟琴负责撰写"邈邈东夷""赫赫强齐"和"导语"；刘东祥负责撰写"巍巍稷下"和"泱泱齐风"的第四、第五部分；杨洋负责撰写"煌煌兵学"和"泱泱齐风"的第一、第二、第三部分。

由于水平和条件所限，不妥之处在所难免，欢迎有关专家和广大读者批评指正。

编者

2023 年 8 月